AF280516

Was das Geld anbelangt, meine Kleine …

Für Inge
in Freundschaft

Bruni Kolivopoulos

Was das Geld anbelangt, meine Kleine …

Bibliografische Information der Deutschen Nationalbibliothek:
Die Deutsche Nationalbibliothek verzeichnet diese Publikation in der
Deutschen Nationalbibliografie; detaillierte bibliografische Daten
sind im Internet über
< http://dnb.d-nb.de > abrufbar.

© 2008 Bruni Kolivopoulos
Satz, Umschlaggestaltung, Herstellung und Verlag:
Books on Demand GmbH, Norderstedt
ISBN: 978-3-8334-7703-4

Der Bahnsteig ist wie leer gefegt. Bahnsteige wirken immer trostlos. Ankommende Züge spucken die Reisenden mit ihrem Gepäck aus und setzen ihre Fahrt fort. Die meisten Ankömmlinge werden von Freunden oder Angehörigen erwartet, mit Küssen oder Händeschütteln begrüßt, und dann streben alle den Ausgängen zu. Ich bin auch ein Ankömmling, aber niemand ist da, um mir einen Begrüßungskuss zu geben oder um meine Hand zu schütteln.

Hier sitze ich also auf einem meiner Koffer und warte. Man scheint mich vergessen zu haben. Schon zwanzig Minuten, die ich auf diesem zugigen Bahnsteig verbringe, und kein Mensch nimmt auch nur die kleinste Notiz von mir. Also wirklich, meine Ankunft hier in Birmingham hatte ich mir anders vorgestellt. Die Reise war absolut stressig. Der alte Kahn, der von Hoek van Holland in Richtung England tuckerte, war alles andere als ein Luxusschiff. Schon beim Betreten der hässlichen Planken war ich versucht, rasch wieder kehrt zu machen. Nur gab es für mich keinen anderen Weg als diesen, um nach England zu kommen.

Zu viert teilten wir uns eine winzige Kabine, drei Mädels und ich. Über einen Reisezirkel hatten wir alle einen Job als au pairs bekommen, und nun war es so weit. Die Nacht verbrachten wir auf einer miesen Holzpritsche, nur der Gedanke an den Zug nach Birmingham – morgen würden wir in ihm sitzen – ließ unsere Laune nicht ganz in den Keller fahren.

Am nächsten Tag waren wir froh, dieses hässliche Schiff

verlassen zu können. Die Rückreise – dessen war ich mir absolut sicher – würde ich nicht mit so einem alten Kahn antreten. Ich hätte mich von vornherein in ein Flugzeug setzen sollen, aber der Reisezirkel hatte leider den Wasserweg für uns gewählt.

In Harwich angekommen, schleppten wir uns gerädert und unausgeschlafen mit unseren Koffern und Taschen ins Zugabteil. Unsere Glieder waren steif und wir fühlten uns außerdem schmutzig und hungrig. Die Toiletten hier waren, gelinde gesagt, versifft, und eine schnelle Katzenwäsche musste genügen, denn den Waschraum betrat man erwartungsvoll und verließ ihn in Windeseile. Überall lag benutztes Papier herum, das kleine Waschbecken war schmutzig und der Spiegel blind. Die Spuren dieser Nacht zeigte er trotzdem sehr deutlich in unseren Gesichtern.

Im Abteil ließ ich mich erst einmal erleichtert auf den Sitz fallen und kramte in meinem Rucksack nach meinem Schminktäschchen. Ich betrachtete mich ziemlich missmutig im kleinen Spiegel. Jetzt hätte ich gerne in einer Badewanne gelegen, aber ich konnte nur auf einen feuchten Waschlappen zurückgreifen. Das beste war, die müden Augen für eine Weile zu schließen und sich schönen Gedanken hinzugeben. Was würde wohl die kommende Zeit für mich bringen? Ich versuchte vergeblich, mich zu entspannen, aber die innere Unruhe ließ sich einfach nicht abstellen. Den anderen Mädels erging es auch nicht besser und wir fieberten dem Ende dieser Reise entgegen.

Endlich erreichten wir Birmingham. Eilig schnappten wir unsere Koffer und drängten uns so schnell es ging aus dem Zug heraus.

Da standen wir nun und reckten unsere Hälse. Wer von uns würde wohl zuerst abgeholt? Neugierig schauten wir in die vielen fremden Gesichter. Ich suchte Mr. Sullivan, dessen Foto ich fest in meiner Hand hielt. Es zeigte einen fröhlichen jungen Mann mit großen braunen Augen und einem ziemlich schütteren Haarkranz. Sicherlich stand er irgendwo in diesem Menschengewirr und hielt Ausschau nach mir.

Die drei Mädels hatten mehr Glück. Sie wurden bereits von ihren Gastfamilien erwartet. Zum Abschied winkten sie mir noch einmal fröhlich zu und verschwanden dann in der Menge.

Ich setzte mich auf einen Koffer und beobachtete die Treppe, die nach oben zum Bahnsteig führte. Vielleicht hatte Mr. Sullivan keinen Parkplatz bekommen oder er nahm es nicht so genau mit der Pünktlichkeit. Also nur schön Geduld haben, sagte ich mir, gleich wird er kommen.

Ich dachte an zu Hause. Meine Eltern dachten sicher auch an mich und warteten auf den versprochenen Telefonanruf bei unseren Nachbarn. Die waren äußerst beliebt, denn sie besaßen ein Telefon. Und im Bedarfsfall durfte man schon mal ein Gespräch führen, gegen Bezahlung natürlich. Trotzdem war das vorteilhaft, weil man sich den Weg zur Telefonzelle sparen konnte. Sie wollten meinen Anruf gleich an meine Mutter weitergeben.

Bisher hatte ich in einer großen Firma als Sekretärin gearbeitet, Stenogramme aufgenommen, Briefe getippt und all die anderen Arbeiten erledigt, die man in so einem Job eben können muss.

Ich verdiente zwar nicht die Masse, jedoch beneideten mich viele Kolleginnen aus anderen Abteilungen, denn unser Arbeitsklima galt im ganzen Werk als eines der besten. Es machte Spaß, für einen Chef zu arbeiten, der fast immer gut gelaunt war und mit Lob nie geizte.

Überhaupt habe ich die Erfahrung gemacht, dass man mit Männern besser zusammenarbeiten kann als mit Frauen, die in jeder Kollegin eine Rivalin wittern. Aber vor mir brauchte niemand Angst zu haben, ich war lediglich eine kleine Abteilungssekretärin. Ich hatte acht Jahre Volksschule und ein Jahr Frauenbildungsanstalt, sozusagen eine Haushaltungsschule, hinter mir, wo ich viele nützliche, aber auch weniger nützliche Dinge lernte, die für das spätere Leben von Bedeutung sein sollten.

Eigentlich hatte ich vor, Kindergärtnerin zu werden, doch dann besuchte ich mit einer Freundin Abendkurse und lernte Stenographie und Schreibmaschine, was mir sehr viel Freude machte. Nach kurzer Zeit war ich in der Lage, 180 Silben zu schreiben und den Text fehlerfrei zu tippen. Ich schaffte es bis zu 200 Silben in der Minute. Die Krönung war ein Stadtmeister-Titel im Schnellschreiben und eine Prämie von 20 DM bar in die Hand. Von da an wurde ich öfter mit so einem Scheinchen belohnt, wenn irgendwo ein Wettbewerb im Schnellschreiben stattfand. Und plötzlich hatte ich keine Lust mehr, eine Ausbildung als Kindergärtnerin zu machen.

Ich begab mich auf die Suche nach einer Lehrstelle in einem Büro. Die fand sich sehr schnell, denn meine Steno-Lehrerin hatte gute Beziehungen zu Firmen, die damals noch mit Kusshand einen Lehrvertrag anboten, wenn man mit ordentlichen Schulnoten glänzen konnte. Auf ihr Geheiß hin sollte ich in einem Technischen Büro vorstellig werden. Dieses befand sich in einer sehr gepflegten Wohnung in einem Mehrfamilienhaus, die mein Lehrherr nebst Familie in einer ruhigen Seitenstraße mitten in der City bewohnte.

Zur Vorstellung begleitete mich mein Vater. Laut meiner

Mutter machte das einen guten Eindruck, also ging er mit. »Du kannst dich glücklich schätzen, wenn du diese Lehrstelle bekommst. Das Büro ist bekannt dafür, dass die Ausbildung sehr intensiv ist. Sei mal schön fleißig, dann machst du auch einen guten Abschluss bei der IHK«,- die Worte meiner Steno-Lehrerin.

Das wollte ich unbedingt.

Mein Lehrherr, der sich im Laufe der Zeit als wahrer Despot entpuppte, thronte hinter einem imposanten Schreibtisch. Sein Mitarbeiter, ein junger Ingenieur, musste sich mit einem wesentlich kleineren Tisch zufrieden geben. Der Arbeitsplatz der Sekretärin befand sich am Fenster – und wenn sie nicht gerade in die Tasten haute, schaute sie gedankenverloren hinaus.

Ich hätte gern mit ihr getauscht, denn wenn ich meinen Kopf hob, sah ich direkt in das Gesicht des Maestros. Mit düsterer Miene – eigentlich besaß er keine andere – beobachtete er jede meiner Bewegungen, was mich häufig stark verunsicherte.

Die Raumverhältnisse erlaubten nur, dass ich seitlich am Schreibtisch des Ingenieurs mein Stühlchen platzieren durfte, immer schön im Visier der beiden Herren. Wenn aber der Ingenieur im Außendienst war, gehörte mir sein Arbeitsplatz.

Ich lernte in den zwei Jahren doch so manches, unter anderem mit einem Airedale-Terrier namens Troll morgens, mittags und gegen Feierabend durch unsere Stadt zu ziehen, beim Gassi gehen die Briefe zur Post zu bringen und die Überweisungen bei den Banken abzuliefern. Für die gnädige Frau durfte ich außerdem etliche Einkäufe erledigen, was sich manchmal ganz schön schwierig gestaltete – in der einen Hand hielt ich die Leine mit dem großen Hund

und in der anderen trug ich die Taschen. All das gehörte zu meinem Ausbildungsprogramm, obwohl von diesen Sachen nichts in meinem Lehrvertrag stand.

Ich entwickelte eine tiefe Zuneigung zu Troll und das beruhte auf Gegenseitigkeit. Er war außer sich vor Freude, wenn morgens die Klingel ging und ich die Treppen hinaufhastete. Seine Blase war schon voll, und er konnte es kaum erwarten, bis ich ihm das Halsband umlegte, um die erste Pinkelrunde mit ihm zu drehen.

Sehr häufig waren wir Zeuge von verbalen Auseinandersetzungen, die mein jähzorniger Chef mit seiner Frau wortstark und ohne Hemmungen vor uns austrug. Manchmal konnte ich ihn direkt verstehen, denn einfach war es wahrhaftig nicht, mit diesem Weib verheiratet zu sein. Die beiden zofften sich fast jeden Morgen und wir lauschten angestrengt, um nichts zu verpassen. Alles endete meist mit einem hysterischen Schrei seiner Frau, einem lauten Türenschlagen und dann stürzte der Maestro ins Büro, wo wir in sein hochrotes Gesicht sahen. Er riss sich als erstes seine Krawatte vom Hals und schaute uns an, als wollte er uns fressen. Ich senkte sofort mein Lockenhaupt und vertiefte mich in meine Postmappe und unsere Sekretärin kochte ihm schnellstens einen starken Kaffee, um ihn ein bisschen milde zu stimmen. Ich las jeden meiner getippten Briefe zweimal durch, bevor ich ihm die Mappe vorlegte, denn ein fehlendes Komma hätte zweifelsohne ein weiteres Donnerwetter ausgelöst. Durch die ständigen Auseinandersetzungen mit seiner Frau brauchte er einen Blitzableiter, und der war natürlich meine Wenigkeit.

Da er technischer Außendienst-Vertreter von mehreren großen Firmen war, hatten wir häufig die Freude, ihn mit seiner Borgward Isabella abrauschen zu sehen, und für einige Zeit kehrte himmlische Ruhe in unser Büro ein.

Hatte mein Chef eine besonders schlechte Laune – und das war fast täglich der Fall – sah auch ich eine Möglichkeit, ihn auf die Palme zu bringen. Nicht selten musste ich tief schlucken, wenn er mich mit strenger Miene ansah und mir verkündete: »Heute musst du länger bleiben, ich hab noch zu diktieren«, oder »Brunhilde, hol die Mappe Soundso, aber dalli!« Diese Befehlsart war demütigend. Als Lehrling musste man schön den Mund halten, da gab es kein Aufmucken. Wie ich diesen Menschen dann verabscheute.

Hielt dann gerade mal Troll seinen Mittagsschlaf in unserem Büro ab, war meine Rache gekommen. Ich flüsterte ihm folgendes Sätzchen zu :»Schnell, Troll, such das Mäuschen!« Und Troll sprang, wie von der Tarantel gestochen, in die Höhe, durchsuchte knurrend sämtliche Ecken, steckte hechelnd seinen Kopf in den Papierkorb, schnüffelte abschließend noch am Hosenbein unseres Ingenieurs, der ihm dann jedes Mal durch einen heimlichen Tritt zu erkennen gab, dass er kein Hundefreund war.

Einmal schaffte es der sportliche Hund sogar, mit einem gewaltigen Satz den halben Schreibtisch seines verblüfften Herrchens abzuräumen. Er wirbelte die gestapelten Schriftstücke durcheinander und fegte mit seinen großen Pfoten die Postmappe nebst Briefwaage hinunter. Der verdutzte Maestro war außer sich und brüllte den aufgeregten Troll an: »Aus, aus, du blöder Hund! Bist du närrisch geworden?« Der »blöde« Hund trollte irritiert zurück in seine Ecke und starrte mich an, wahrscheinlich wartete er auf die nächste Anweisung. »Was hat er nur«, wagte dann auch ich zu bemerken und schaute sehr besorgt Chef und Kollegen an. Natürlich hatte niemand eine Erklärung für sein merkwürdiges Verhalten. Der arme Troll wurde sogleich aus dem Büro verbannt und ich musste schnellstens wieder für Ordnung sorgen, was ich sehr gern tat. Es erstaunte mich jedes Mal, was doch ein kleiner Satz für eine große Wirkung haben konnte. Troll hasste nämlich Mäuse, aber das wusste nur ich.

Trotz der vielen Dinge, die nichts mit meiner Ausbildung zu tun hatten, lernte ich doch alles, was man eben so in einem Büro können muss. Sehr bald stellte unsere Sekretärin fest, dass ich keine Schwierigkeiten hatte, ihre Stenogramme zu lesen, und so durfte ich häufig auch ihre Briefe tippen, natürlich mit ihrem Diktatzeichen. Während ich also emsig in die Tasten haute, ging sie gut gelaunt auf die Toilette und drückte erst einmal ihre zahlreichen Pickel aus. Danach erschien sie mit einem krebsroten Gesicht und war ziemlich schlecht drauf, holte verdrossen eine Flasche Sauerkrautsaft aus ihrer Tasche und machte sich über den Inhalt her, angeblich verhalf dieses saure Zeug zu einem klaren Teint. Ich hatte großes Mitleid mit ihr, denn sie stand kurz vor der Hochzeit und wollte unbedingt mit einem Gesicht wie Schneeweißchen vor den Altar treten.

Oft jammerte ich meinen Eltern zu Hause die Ohren voll. Was hatte ich doch für einen miesen Chef. Am liebsten hätte ich meine Lehre bei diesem Tyrannen hinschmeißen und woanders anfangen wollen. Aber mein Vater blieb hart. »Kind, es ist nun mal so, Lehrjahre sind keine Herrenjahre!« Damit war das Thema vom Tisch. Mir blieb also nichts anderes übrig als schön brav durchzuhalten, und nach zwei Jahren legte ich meine Prüfung vor der Industrie- und Handelskammer ab. Note »gut«.

Mein Maestro war darüber fast so stolz wie ich. Als hätte

ich ihm diese Zensur zu verdanken. Er bot mir sofort eine Stelle als Kontoristin an. Wahrscheinlich rechnete er mit einer baldigen Schwangerschaft unserer Sekretärin, die auffällig oft das Thema »Kind und Beruf« anschnitt, so dass er rechtzeitig ihren Job durch mich ersetzen wollte. Er hatte wohl erwartet, dass ich mich aufgrund dieses Angebotes mit einem devoten Kniefall bedanken würde. Ich bat um Bedenkzeit, was ihn ein wenig irritierte. Ganz fix bewarb ich mich um eine Stelle als kaufmännische Angestellte in einem großen Unternehmen und konnte wenige Tage nach einem netten Vorstellungsgespräch meinen Vertrag in Empfang nehmen. Ich beeindruckte nämlich einen Abteilungsleiter, der von mir eine Schreibprobe auf einer uralten Triumph-Maschine erbat, und ich tippte mit rasanter Schnelligkeit fehlerfrei fünf Strophen von Schillers Glocke aufs Papier, was ihn sichtlich verwirrte. Er kannte, zugegebenermaßen, nur die ersten zwei Sätze dieses wunderbaren Gedichtes, das ich zur damaligen Zeit ohne Stolpern vollständig aufsagen konnte. Mit einem Anstellungsvertrag kam ich strahlend nach Hause.

Das Gesicht des Maestros verdüsterte sich, als ich ihm meinen »Abgang« mitteilte. Er schluckte und lief in bekannter Farbnuance rot an, was mir aber jetzt nichts mehr ausmachte, sollte er doch vor Wut platzen. Nun musste er sich nach einer neuen tierlieben Bürokauffrau umsehen, und das fiel ihm gewiss nicht leicht, denn schließlich hatte sich nicht nur Troll an mich gewöhnt. Für seine drei Kinder würde mein Fortgang ebenfalls eine kleine Tragödie bedeuten, denn ich war zugleich auch ihre Märchenerzählerin. Lag eines von ihnen mit einer dicken Erkältung im Bett, saß ich statt an der Schreibmaschine mit einem Märchenbuch im Kinderzimmer. Auch das zählte zu meinen Aufgaben. Ich tat dies nicht ungern, nein, es war eine willkommene Abwechslung in diesem tristen Büroalltag und ich übte diese Tätigkeit sehr gerne aus.

In meinem neuen Job fühlte ich mich zwar wohl, aber so ganz zufrieden war ich doch nicht. Zwei Jahre war ich nun schon hier, und das Bedürfnis nach etwas ganz anderem nahm immer mehr meine Gedanken ein. Meine englischen Sprachkenntnisse waren nicht die allerbesten. Und so besuchte ich zweimal in der Woche abends die Benedict-School, denn Englisch war in unserer Abteilung eine Notwendigkeit. Wir hatten sehr viel mit Kunden aus aller Welt zu tun, diese Sprache war ein Muss für mich. Englische Briefe zu schreiben machte mir keine Schwierigkeiten, aber das Reden oder gar Telefonieren fiel mir schwer. Außerdem hatte ich ganz ordentliche Hemmungen und traute mir nicht die kleinste Konversation zu. Das nagte an meinem geringen Selbstbewusstsein. In mir wuchs immer stärker der Wunsch, Englisch in England zu lernen.

So machte ich mich auf die Suche nach einer seriösen Vermittlung, die au pair girls in alle Ecken der Welt verschickte. Und diese Agentur fand ich in Düsseldorf. Schon nach einigen Tagen bekam ich Antwort und eine Menge Fragebögen zugeschickt, die ich ausfüllte und wieder abschickte. Dann traf ein dicker Brief aus Solihull in der Grafschaft Warwickshire ein, den ich neugierig öffnete. Der Inhalt war viel versprechend. Eine nette englische Familie stellte sich sehr sympathisch vor. Ich las von zwei kleinen Mädchen, die sich auf ein Girl aus Germany freuen würden, denn ihr jetziges au pair machte sich nach einem »wonderful and happy year« schon langsam startbereit, um nach Deutschland zurückzukehren. Ich hatte gleich das Gefühl, da muss ich hin, da werde ich dringend gebraucht. Das

Ehepaar war jung, wohnte in einem schicken Haus (durch viele Fotos beglaubigt) und Mr. Sullivan bekleidete in Birmingham einen Direktor-Posten. Das war für mich von Bedeutung, denn so schien das mir zustehende Taschengeld in Höhe von zwei Pfund wöchentlich sicher zu sein. Natürlich interessierte die Sullivans, aus welchen Kreisen ich denn käme. Sie wollten sich vergewissern, dass ihre Kinder von einer vertrauenswürdigen Person betreut würden. Ich schrieb gleich zurück und weihte sie in meine geordneten Familienverhältnisse ein. Sie konnten beruhigt sein.

Mein Vater war zwar kein Direktor, aber er verdiente sein täglich Brot als Schleifermeister in einer Glasfabrik, wo er sehr geschätzt war. Meine Mutter war mit Hingabe Hausfrau und heute weiß ich, dass ich dieser Arbeit damals viel zu wenig Beachtung schenkte. Mein Bruder und eine meiner Schwestern hatten Pädagogik studiert und ihr Job an der Schule garantierte ihnen eine sichere Arbeit im Staatsdienst. Meine ältere Schwester war verheiratet und arbeitete zu Hause als Stickerin. Ihre Wohnung lag nur drei Minuten von der unsrigen entfernt. Uns alle in der Nähe zu wissen, war meinen Eltern sehr wichtig. Es gab nichts Schöneres für sie, als mit uns zusammen zu sein.

Ich selbst beschrieb mich als sehr kinder- und tierlieb und das war dann wohl ausschlaggebend.

Die Sullivans antworteten umgehend. Der nächste mir schon bekannte blaue Briefumschlag mit der englischen Marke lag wenige Tage darauf in unserem Briefkasten. Aufgeregt öffnete ich das Kuvert. Wie erwartet, waren Mr. und Mrs. Sullivan regelrecht entzückt von mir und der detaillierten Beschreibung meiner Familie. Das sprach doch sehr für meine Person.

Wann also wollte ich denn nun kommen? Am besten

in den nächsten Wochen, denn das besagte au pair, das momentan in diesem wundervollen Haus mit den wundervollen Menschen lebte, beabsichtigte bei meinem Eintreffen sogleich seine Heimreise nach Deutschland anzutreten.

Nun war Eile geboten. Ich kündigte schnellstmöglich, aber vor Januar war nichts zu machen. Die Sullivans überredeten ihr au pair, einen weiteren Monat zu bleiben, bis ich nach England käme. So konnte ich mich in Ruhe auf meine Reise vorbereiten.

Obwohl ich damals bereits 21 Jahre alt war, wohnte ich noch bei meinen Eltern, denn ein eigenes Appartement konnte ich mir bei dem mickrigen Gehalt, das mir meine Firma zahlte, auf gar keinen Fall leisten. Ich war nicht verwöhnt, und ich beneidete meine Freundin, die in einer niedlichen kleinen Wohnung ohne Kontrolle durch besorgte Eltern oder Geschwister lebte. Ich musste einfach selbständig werden, und England würde die richtige Entscheidung sein.

Zu Hause hatte ich sehr vorsichtig das Thema »au pair« auf den Tisch gebracht und war verblüfft, wie wohlwollend mein Vater meine Absicht, nach England zu gehen, aufnahm. Meine Mutter fand meine Idee allerdings weniger gut, sie witterte überall Gefahren und für sie war alles, was sich hinter der deutschen Grenze tat, schrecklich »gefährlich«. Schließlich waren es wildfremde Leute. Wer weiß, in welch einem Räubernest ich landen würde. Die konnten ja viel schreiben! Mit Engelszungen und Engelsgeduld überzeugte ich sie schließlich, dass die Agentur nur ausgesuchte Familien für die deutschen au pairs vermittelte. Ich erklärte ihr außerdem, wie wichtig heutzutage gute Sprachkenntnisse seien, um einen besseren Job zu bekommen.

Das gab den Ausschlag. Ich bekam ihren Segen. Sie sah mich bereits wieder auf der Rückfahrt, das begehrte Diplom im Gepäck, ein ausgezeichnetes Englisch sprechend, welches mir alle Türen bei der nächsten Arbeitsssuche öffnen würde. Ja, das gefiel meinem Mütterlein. Ich musste ihr versprechen, zu lernen, was das Zeug nur hergab, damit ihr Traum, mich in einem sicheren Job zu sehen, auch Realität würde, wenn ich wiederkäme.

Ich hatte auch Zeitungs-Annoncen aus den USA studiert. Wenn ich jedoch daran dachte, den heimischen Kontinent zu verlassen, wurde mir mulmig. So schnell könnte ich nicht wieder nach Hause, falls ich drüben Schwierigkeiten bekäme. Amerika war ja doch sehr weit weg. Da war mir England lieber, und sollten sich Sullivans wider Erwarten als eine miese Familie entpuppen, so war die Heimat nicht allzu weit. Aber erst einmal verdrängte ich derlei unangenehme Gedanken. Warum sollte ausgerechnet ich so ein Pech haben. Ein Jahr wollte ich unter allen Umständen durchhalten. Mittendrin abzubrechen, würde meine Eltern vor Freunden und Nachbarn in Verlegenheit bringen. »Ihre Tochter hat es vermutlich doch nicht so gut angetroffen, wie Sie uns erzählten!!!« Oh nein, das war eine Vorstellung, die mir nicht behagte. Diese Peinlichkeit durfte ich ihnen auf keinen Fall antun.

Meine Mutter war sehr stolz auf mich und informierte sämtliche Freunde und Bekannte von meiner Absicht, ins Ausland zu gehen. Die Fotos meiner englischen Familie zeigte sie natürlich jedem, der sie sehen wollte. Sie hatte die Sullivans nebst Hund sehr schnell in ihr Herz geschlossen. »Sehr sympathische Leute«, war ihr Kommentar. »Was das Geld anbelangt, meine Kleine«, sagte mein Vater, »wird es schon hart werden, denn zwei Pfund in der Woche sind nicht die Masse. Du musst aber lernen, damit auszukommen.«

Mein besorgtes Mamachen überhäufte mich von nun an mit guten Ratschlägen. Wie bereits erwähnt, war sie eigentlich gegen alles, was sich außer Reichweite unserer Wohnung befand. Da sie nicht von robuster Gesundheit war, verspürte sie keinerlei Drang, einmal einen Tapetenwechsel vorzunehmen, es sei denn, mein Vater schaffte es, sie zu einer Reise in die Tschechoslowakei zu überreden, wo wir noch eine Menge Verwandtschaft hatten. Er selbst hätte gern mehr von der Welt gesehen, jedoch war es zwecklos, ihr eine Flug- oder Schiffsreise vorzuschlagen. »Viel zu unsicher«, war ihre Meinung und nichts und niemand hätte es geschafft, ihr eine andere Beförderungsart als die gute alte Eisenbahn schmackhaft zu machen.

Mein Paps war ein Büchernarr, vor allem Bücher mit historischem Inhalt standen in unserem Wohnzimmerschrank, und Bildbände über sämtliche Sehenswürdigkeiten unseres Planeten fanden sein großes Interesse. Seitdem er Rentner war, entdeckte er ein zweites Hobby. Er hatte schon Jahre vor seiner Pensionierung begonnen, Zeitungsromane auszuschneiden. Waren sie abgeschlossen, las er sie. Das ersparte den Bücherkauf. Da er außerdem ein begeisterter Briefmarkensammler war, freute er sich schon auf postfrische Marken aus England, die ich ihm immer schicken würde.

Und nochmals komme ich auf meine Mutter zurück. Sie war wie eine Glucke, die ihre Küken gern unter ihre Fittiche nahm, um sie zu beschützen. Als Teenager hatte ich oft hitzige Auseinandersetzungen, wenn es darum ging, die Ausgehzeit am Abend zu verlängern. Sie sah hinter jeder dunklen Ecke und jedem Baum ein Ungeheuer lauern und hatte keine ruhige Minute bis zu meiner Heimkehr. Da ich keinen Freund hatte, der mich nach Tanzabenden bis vor die Haustür brachte, wusste ich, dass sie auf keinen Fall schlief, sondern hinter der Gardine auf mich wartete. Sobald ich ganz leise die Wohnung betrat, war sie schnell im Bett verschwunden. Aber sie kam dann doch noch einmal in die Küche, schaute mich vorwurfsvoll an und ging mit einem unüberhörbaren Seufzer der Erleichterung wieder ins Schlafzimmer. Ich hasste diese Art von Kontrolle, und manchmal wurde ich auch ganz schön frech. Heute tut es mir oft leid, dass ich mich so verhalten habe, denn all das, was mir in meiner Jugend so auf den Geist gegangen ist, machte auch ich mit meiner Tochter durch.

War ich mal spät im Kino oder auf einer Party, so dachte ich schon mit Unbehagen an den Nachhauseweg, denn es gab keinen Bus, der in der Nähe meines Elternhauses hielt, und ein Taxi konnte ich mir nicht leisten. Wir wohnten damals in einer Siedlung, die zwar schön im Grünen lag, aber für ein ängstliches Mädchen wie mich wäre die Stadtmitte der ideale Wohnort gewesen. Also nahm ich mir immer ein zweites Paar Schuhe mit flachen Absätzen mit, damit ich besser rennen konnte. Ich musste eine ziemlich einsame Straße passieren, rechts und links gab es nur hohe Bäume, und bis ich wieder Häuser zu Gesicht bekam, hatte ich eine etwas unheimliche Gegend hinter mich zu bringen. Im Schnelllauf sauste ich durch eine alte Eisenbahn-Unterführung. Nun kam das einsam gelegene, furchtbar stinkende Pissoir. Aber ich hatte gelernt, bis dahin flach zu atmen. Dann, tief Luft holen und an den Pforten des evangelischen Friedhofes vorbei bis zu den ersten Siedlungshäusern. Nun drosselte ich erleichtert mein Tempo und mein Puls schlug langsam wieder normal. Diese 30 Minuten Laufzeit waren

schon eine beachtliche Fitness-Strecke! Manchmal über-
nachtete ich auch bei meiner Freundin, die mitten in der
Stadt wohnte. Das beruhigte meine Mutter sehr, so konnte
sie ihren Nachtschlaf antreten und brauchte nicht den Stell-
platz hinter der Gardine einzunehmen.

Ich musste lächeln, als ich, auf meinem Koffer sitzend, an
meine Lieben dachte. Zweifelsohne würde ich sie sehr vermissen, das wusste ich. Als ich meine Koffer gepackt hatte,
fühlte ich einen dicken Kloß im Hals. Es war schließlich
das erste Mal, dass ich für längere Zeit meine Familie nicht
sehen würde. Gott sei Dank wohnte ja noch eine meiner
Schwestern zu Hause und die ältere kam fast täglich mit
meiner kleinen Nichte vorbei. Meiner Mutter tat das sehr
gut, so hatte sie genügend Abwechslung und würde nicht
ständig an mich denken. Ich wollte natürlich so oft wie
möglich Briefe nach Hause schreiben, damit sie ganz beruhigt sein konnte.

Meine Arbeitskollegen waren tatsächlich ein wenig betrübt. Warum ich denn nicht bleiben wollte? Eigentlich,
meinten sie, wären meine Sprachkenntnisse doch gar nicht
so schlecht. Ich würde sie bei der Benedict-School schließlich mit der Zeit erweitern und im Notfall sei doch immer
jemand in der Abteilung, der mir helfen könnte. Natürlich fühlte ich mich geschmeichelt. So ein kleines Licht
wie mich sollte tatsächlich jemand vermissen? Ich fand das
sehr beeindruckend. Das musste ich gleich meinen Eltern
erzählen. Vor allem meiner Mutter würde es gefallen, zu
hören, wie beliebt ihre Tochter war. Aber niemand konnte
mich jetzt noch umstimmen. Mein Entschluss stand fest.

»Ich hoffe, wir sehen uns nach einem Jahr wieder. Ihr
Büro wartet auf Sie.« Mein netter Chef schenkte mir einen
seiner wirkungsvollen Dackelblicke. Insgeheim hoffte ich,

etwas Interessanteres danach zu finden. Technik war nicht so mein Ding, und in dieser Firma drehte sich schließlich alles nur um Stahl und Eisen.

Vor allem meine Freundin Gabi war betrübt über diese lange Zeit, die ich weg sein würde. »Ein ganzes Jahr sehen wir uns nicht«, sagte sie. »Wer weiß, vielleicht kommst du am Ende gar nicht mehr zurück, weil es dir dort besser gefällt! Du brauchst dich nur zu verlieben, und was ist dann?«

Ich war baff. Darüber hatte ich mir ja noch gar keine Gedanken gemacht. Das waren ja verheißungsvolle Aussichten, und plötzlich fand ich diese Vorstellung außerordentlich aufmunternd. Schließlich war ich knapp über zwanzig und bis auf ein paar harmlose Flirts total unerfahren. England – ich komme!

Und dann kam der Abreisetag. Meine Mutter drückte mich an sich, und mir war ganz flau in der Magengegend. »Ich ruf sofort an«, versprach ich und küsste sie auf die Stirn.

Mein Vater murmelte etwas von »Pass auf dich auf, meine Kleine. Denk immer daran, alles schön durchziehen, wenn es auch manchmal gegen den Strich geht.« Ich wusste, dass auch er besorgt war, und dass er mich vermissen würde. »Ich freu mich auf die Briefmarken.« Er lächelte und tätschelte ein wenig unbeholfen meine Wangen. Dann küsste ich meine Schwestern und machte ganz schnell, dass ich wegkam. Bloß keine Tränen, es war ja schließlich kein Abschied für immer.

Nun also saß ich hier, auf dem Bahnhof in Birmingham, und hatte schon eiskalte Füße. Gedanklich legte ich mir ein paar nette Sätzchen zurecht und hoffte sehr, Mr. Sullivan nicht mit meinem kümmerlichen Englisch zu enttäuschen.

Außerdem war ich müde. Ich schaute zum Himmel. Der Regenschirm in meiner Hand war überflüssig. Was hatte ich stets über das englische Wetter gehört? Ohne Regenschirm geht dort niemand auf die Straße. Schien gar nicht wahr zu sein. Das Wetter war hier großartig. Kalt, aber sonnig. In Rimini oder Malaga konnte es an diesem Tag auch nicht schöner sein.

Wachsam beobachtete ich die vielen Menschen, die nun langsam wieder den Bahnsteig füllten. Sicher, Birmingham war eine große Stadt, vielleicht war Mr. Sullivan in einen Verkehrsstau geraten und machte sich bereits große Sorgen um mich. Nun wartete ich bereits eine halbe Stunde – einsam mit meinen Koffern und einem knurrenden Magen. Nach einer weiteren Viertelstunde stellten sich erste kleine Panik-Attacken in Form von winzigen Schweißperlen auf meinem Gesicht ein.

Ich starrte jedes männliche Wesen, das sich mir näherte, fast schon aufdringlich an. Wie schön wäre es jetzt, auf einem deutschen Bahnhof mit meinen Koffern zu stehen. Dann hätte ich mich nicht so hilflos gefühlt. Meine anfängliche freudige Erwartung schmolz wie Butter in der Sonne. Was war denn nur passiert? Man hatte mich vergessen. »Quatsch. Ruhig Blut«, sagte mir meine innere Stimme. »Bald wird der Knabe auftauchen.« Aber die innere Stimme behielt nicht recht. Keiner nahm auch nur das kleinste bisschen Notiz von mir.

Jetzt begann auch noch mein Magen zu rebellieren. Ich brauchte dringend etwas zu essen. War nicht vielleicht doch noch etwas in meiner Handtasche? Voller Hoffnung schaute ich hinein und fand ein Hustenbonbon. Gott, wie wunderbar. Gierig steckte ich es in den Mund und hielt weiter Ausschau nach diesem unzuverlässigen Typen.

Plötzlich sah ich einen jungen Mann die Treppen herauf-
hasten. Mein Herz machte einen Sprung. Zweifellos suchte
dieser Mensch eine Person. Herrgott, die musste einfach
ich sein! Na endlich. Er steuerte schnurstracks auf mich
zu. Das Foto brauchte ich nicht zum Vergleich. Mr. Sullivan stand vor mir, außer Atem. Er schien einen längeren
Lauf hinter sich zu haben. Schlank und groß war er, und
sein Lächeln war einfach umwerfend. »Bruni, welcome in
England!« Er schüttelte meine Hand und überfiel mich
mit einem gewaltigen Wortschwall, dem ich sehr viele »ex-
cuses« entnahm, was mich sogleich besänftigte.

Mein kleiner Hut schien ihn zu amüsieren. Er nahm
mir meinen Regenschirm aus der Hand, rannte zu einem
Gepäckwagen und verstaute in wenigen Sekunden meine
Koffer darauf. Er schien sehr in Eile zu sein, denn er legte
sogleich einen sportlichen Schnellgang ein, und ich hatte
Mühe, ihm zu folgen.

Wir verließen mit großen Schritten Birmingham Station
und Mr. Sullivan steuerte auf einen Parkplatz zu. Vor einer
schwarzen Limousine blieb er stehen und öffnete mir die
Tür. Wow, was für ein Auto! Erleichtert sank ich in die
weichen Polster. Endlich war ich nicht mehr allein.

Mr. Sullivan schaute mich an. Er hatte gute Menschen-
kenntnis, denn er merkte wohl, dass hier ein ausgehun-
gertes Geschöpf neben ihm saß. »You are certainly very
hungry«, meinte er lächelnd. Mein Nicken muss sehr heftig gewesen sein. Plötzlich lachte er laut auf und ich hörte
Worte wie »poor girl« und »meal« und kurz darauf stoppte
er tatsächlich vor einem Restaurant.

Der Lunch verlief ziemlich schweigsam. Mr. Sullivan
nahm es in Kauf, dass ich nicht sehr gesprächig war, schien
aber von meinem Appetit beeindruckt zu sein. Na ja, mei-

nen Reiseproviant hatte ich im Zug ein wenig unfreiwillig mit einem Mädchen geteilt, das mir direkt gegenüber saß. Es war die jüngste von uns Vieren, gerade mal 17 und auf dem Weg nach Newquay in Cornwall, wo sie in einem kleinen Hotel als au pair arbeiten wollte. Sehr genau wurden meine Stullen in Augenschein genommen und sobald sie Papier rascheln hörte, nahm sie Erwartungshaltung ein und ließ keinen Blick von mir. Wortlos trat ich ihr eines von meinen gut belegten Broten ab und war erstaunt, mit welcher Geschwindigkeit sie alles verdrückte.

Was hatten die eigentlich für Mütter, die nicht einmal ein ordentliches Fresspaket für so eine lange Reise einpacken konnten? Das war für mich unbegreiflich.

Sie spähte ungeniert weiter auf meine Tasche, aus der ich später noch hart gekochte Eier und etwas ausgetrocknete Gurkenstücke hervorzauberte und war überaus glücklich, an meiner Brotzeit teilhaben zu dürfen. Übrig blieb besagtes Hustenbonbon. Danach entschloss sich mein Gegenüber zu einem Nickerchen und war nicht mehr ansprechbar. Als wir in Birmingham Station ankamen, machte sie einen frischen und ausgeruhten Eindruck.

Nach diesem ersten englischen Lunch, der mir sehr gut geschmeckt hatte, ging es zurück zum Auto. Bis nach Solihull war es nicht mehr weit. Ich war froh, dass Mr. Sullivan mich in Ruhe ein bisschen dösen ließ und keine Fragen stellte.

Als der Wagen in eine hübsche Seitenstraße einbog, wurde ich neugierig. Vor welchem der schönen Häuser würde er wohl halten? Wir stoppten vor einem rot-weiß geklinkerten Bungalow. Ich riss die Augen auf. Das würde also mein Zuhause sein. Gott war ich aufgeregt. Ich konnte es gar nicht erwarten, aus dem Auto auszusteigen.

In dem Moment öffnete sich die Haustür. Zwei kleine Mädchen stürzten auf ihren Daddy zu und begrüßten ihn stürmisch. Dann umklammerten sie sein Hosenbein und begannen, mich genauestens zu mustern. Mein »Hello« und mein Lächeln wurden nicht erwidert. Sie starrten mich nur an, als käme ich von einem anderen Stern.

Ein Dackel mit auffallend grauer Schnauze – das musste Sambo sein – kam vorsichtig um die Hausecke und beschnupperte meine abgestellten Gepäckstücke, um mich dann mit einem argwöhnischen Blick aus kleinen braunen Augen zu mustern. Langsam wackelte er auf mich zu und rieb mit seiner kleinen Schnauze meine staubigen Schuhe blank. Ich zog vorsichtig meinen Fuß an, was Sambo sofort zum Anlass nahm, seine scharfen kleinen Krallen in meine Strumpfhose zu bohren. Na toll, das stolze Ergebnis war denn auch eine breite Laufmasche. Meine Sympathie für diesen Hund hielt sich ab sofort in Grenzen. »Sambo, you naughty doggy.« Mr. Sullivan excuste sich bei mir und gab ihm einen kleinen Klaps, worauf er beleidigt davon trollte.

Jetzt kam eine schlanke, rothaarige junge Frau strahlend auf mich zu. Das konnte nur Mrs. Claire Sullivan sein. Sie begrüßte mich herzlich mit einem netten »Hello, Brun!« Hatte ich richtig gehört?

Meine Eltern und auch meine Geschwister nannten mich zu meinem Ärger stets »Hilde«, und das war für mich absolut schrecklich. Bei meinen Freundinnen hieß ich »Bruni«. Aber »Brun« klang weitaus schöner. Niemand war bisher auf diese Abkürzung gekommen. Dieser Name gefiel mir und ich fand Mrs. Sullivan sofort sympathisch.

Im Gegensatz zu den beiden Mädchen schien sich Mrs. Sullivan über meine Anwesenheit zu freuen. »Debbie, Sara, kommt her und sagt guten Tag!« Nur zögernd lösten sich die beiden vom Hosenbein und gaben mir etwas verlegen die Hand. Ich schenkte ihnen mein nettestes Lächeln, bekam aber keines zurück. Warum diese Ablehnung? Ich hatte eigentlich eine freundlichere Begrüßung erwartet. Dann kam ein junges Mädchen auf mich zu. Es war Sigrid, das au pair aus Heidelberg. Am nächsten Morgen würde sie nach Deutschland zurückkehren. Jetzt war mir klar, dass Debbie und Sara über den bevorstehenden Abschied traurig waren. Sie mussten sich wieder an ein neues Kindermädchen gewöhnen, und das war bestimmt nicht leicht.

Als könne sie meine Gedanken lesen, klammerte sich Debbie demonstrativ an Sigrids auffallend kräftige Oberschenkel und beäugte mich weiter mit unfreundlicher Miene. Laut und klar und für mich gut verständlich hörte ich sie sagen: »Sigrid, ich will aber nicht, dass du morgen weggehst.« Sigrid streichelte sanft ihr kleines Gesicht. Mutter Teresa hätte nicht liebevoller lächeln können. »Herzlich willkommen«, sagte sie zu mir und hielt Debbie fest, als müsse sie das Kind vor mir retten. Alle schauten mich an. Ich versuchte, heiter zu wirken und lächelte etwas verunsichert in die Runde. »Es wird anfangs nicht leicht für dich sein«, sagte sie ein wenig theatralisch und zog ein Taschentuch hervor, um ein paar Tränen zu verdrücken. »Aber die Kleinen sind pflegeleicht, wenn du sie zu nehmen weißt.« Nun stürzte sich auch Sara in Sigrids Arme und empfing wie ihre Schwester wohltuende Streicheleinheiten. Täuschte ich mich oder hatte Mr. Sullivan ebenfalls feuchte Äugelein?

Bevor nun auch noch Mrs. Sullivan in Trauer ob des scheidenden au pairs verfiel, räusperte sie sich kurz und machte dann schwungvoll die Haustür auf. »Komm, Brun, ich zeige dir jetzt erst einmal dein Zimmer.«

Die Treppenstufen, die nach oben führten, waren mit einem aprikotfarbenen Teppichboden belegt, der jegliches Geräusch schluckte. Dann öffnete sie eine weiße Tür und ließ mich eintreten. Wie wunderschön! Der Raum war ziemlich groß, in einer Nische stand ein Bett, ein französisches Bett, auf dem eine weiße Tagesdecke aus Frottier lag. Alles hier drin war weiß, der hübsche Schreibtisch direkt vor dem breiten Fenster, die Wände mit den bunten Bildern, die niedliche Sitzecke mit einem Holztisch, auf dem ein dicker Strauß Blumen stand. Und dann noch der große Kleiderschrank. Ich war begeistert.

Zu Hause hatte ich kein eigenes Zimmer. Nur ein Kleiderschrank aus Nussholz, der in der Schlafstube unserer Eltern stand, gehörte mir allein. Ich hatte auch kein eigenes Bett. Für meine Schwester und mich wurde am Abend im Wohnzimmer eine Doppelcouch ausgezogen, und auf Geheiß meiner Mutter hatte ich stets als erste in der Koje zu liegen – zum Anwärmen sozusagen, denn meine Schwester hatte ständig kalte Füße und ich war der Ersatz für die Wärmflasche.

Dies hier überwältigte mich regelrecht. Mrs. Sullivan schaute mich an. »Wie gefällt es dir, Brun?« »It is wonderful«, sagte ich und schaute sie glücklich an. Sie schien sich darüber zu freuen. »Sigrid hat sich bei uns wirklich wohl gefühlt, und ich glaube, Brun, es wird dir auch bei uns gefallen. Du wirst sehen, wir werden eine super Zeit zusammen haben. So, jetzt lass ich dich kurz allein und wenn du magst, komm herunter, im dining room wartet deine erste englische Tasse Tee auf dich.« Dann verließ sie das Zimmer und ich plumpste sofort auf dieses traumhafte Bett. Gleich morgen wollte ich ein paar Fotos machen, damit meine Lieben daheim sehen konnten, wie gut ich es hier angetroffen hatte. Aber jetzt kramte ich erst einmal die Geschenke für meine Gastfamilie aus meinem Koffer heraus, ehe ich nach unten ging.

Jemand klopfte vorsichtig an die Tür. Zu meiner Überraschung stand Sara da. Ein bisschen verlegen war sie schon, aber dann kam sie herein und blieb vor dem offenen Koffer stehen. Ich schenkte ihr wieder ein nettes Lächeln, das sie zu meiner Freude zurückgab. Na, es ging doch. Ob sie wohl freiwillig zu mir gekommen war oder hatte Sigrid sie geschickt? Egal, jetzt war sie hier. »Willst du mir helfen? Du kannst aber auch nur zuschauen, wie ich meine Sachen wegpacke«, meinte ich. Sara entschied sich für das Letztere.

Gott, hatte ich Platz. So viel Garderobe gab es gar nicht, um die Fächer hier zu füllen. Aufmerksam verfolgte Sara, wie ich meine zerknitterten Kleider aufhängte. Aber irgend etwas fehlte. Mein Bär. Ich hatte meinen Bären zu Hause vergessen. Eigentlich war es schon ein bisschen albern, in meinem Alter noch ein Plüschtier einzupacken, aber der Bär bedeutete für mich ein Stückchen »Daheim«.

Als ich mit sechs Jahren an Diphterie und Scharlach erkrankt war, hatte mir meine Mutter diesen Teddy geschenkt. Er ging mit mir ins Hospital, wo ich mit ihm fünf Monate sehr isoliert auf einem Zimmer zubrachte. Meine Eltern und Geschwister sah ich nur vom Fenster aus. Sie durften nicht zu mir, da die Krankheit ansteckend war.

Ich erinnere mich daran, dass ich jedes Mal, wenn ich meine Mutter sah, weinte, und meine Familie, die da unten stand, weinte auch. Das Fell meines Bärchens war danach stets ganz nass, und es tat gut, ihn zu haben, denn er war mein Trost. Als ich dann nach dieser langen Zeit nach Hause durfte, kam eine Schwester und nahm ihn mir weg.

Er war scheinbar voller Bakterien und sollte entsorgt werden, sagten sie. Daraufhin muss ich so ein Theater veranstaltet haben, dass die ganze Ärzteschaft nebst Schwesternpersonal auf den Flur stürmte. »Ich will meinen Bär wieder haben«, schrie ich und niemand war in der Lage, mich zu beruhigen. Man hätte mich schon mit Gewalt hinaustragen müssen, und das wollten sie mir und sich ersparen. So wurde denn mein zerrupfter Bär schnellstens desinfiziert und ich verließ zufrieden mit ihm und meiner Mutter das Krankenhaus. Na ja, jetzt saß er daheim auf dem Sofa und musste ein Jahr auf mich warten.

Aus meiner Reisetasche zog ich ein Päckchen heraus. »Für dich, Sara«. Ich drückte es ihr in die Hand. Voller Erwartung zerriss sie sofort das Papier und ein kleiner schwarzer Plüschkater kam zum Vorschein. Sara freute sich. »Thank you, Brun, ich mag Katzen. In meinem Zimmer hab ich ganz viele Tiere. Soll ich sie dir einmal zeigen? Komm mit.« Dann besann sie sich kurz und fragte: »Was hast du meiner Schwester mitgebracht?« Neugierig schaute sie mich an. »Debbie wollte auch zu dir kommen, sie wartet bestimmt schon draußen, denn sie will auch ein Geschenk von dir.« Sie »will« – das Wort mochte ich eigentlich nicht so gern hören. Bei einer passenden Gelegenheit würde ich ihr beibringen, dass man »will« mit »möchte« ersetzen sollte.

Ich schaute vor die Tür. Tatsächlich stand Debbie da. Sie zierte sich ein bisschen, kam dann aber sogleich ins Zimmer, um sich an ihre kleinere Schwester zu drücken. Auch sie bekam ein Päckchen. Hoffentlich würde ihr der Plüschdackel gefallen. »Für dich, Debbie. Aus Germany!« Erwartungsvoll packte sie ihr Geschenk aus und lachte mich an.

»Danke, Brun. Der Hund sieht aus wie Sambo. Aber er

ist schöner, weil er so ein weiches Fell hat und weil er noch ganz jung ist.« Endlich. Das Eis schien geschmolzen zu sein.

Debbie lief sofort nach unten, um ihren Eltern das »present« zu zeigen. Sara hingegen war neugierig, was ich sonst noch alles aus meinem Koffer herausholte. Die eingerahmten Fotos weckten ihr Interesse. Aufmerksam betrachtete sie das kleine Mädchen, das da in einem Garten in einer Hängematte lag und in die Kamera lachte. Es war meine kleine Nichte Martina, die Tochter meiner Schwester Luise. »Brun, hast du ein Kind in Germelin?« »Das heißt Germany, Sara!« Sie schaute mich ernst an. »Sigrid kommt auch aus Germelin.« Ich gab auf. »Nein. Wenn ich ein Kind hätte, würde ich doch jetzt nicht hier bei euch sein.« Das leuchtete Sara ein.

Jetzt aber wollte ich hinunter gehen und zu meiner Überraschung gab sie mir ihre kleine Hand. So erschienen wir im dining room.

Mr. und Mrs. Sullivan saßen bereits mit Sigrid am Tisch, auf dem zu meiner großen Freude ein Teller mit kleinen bunten Kuchen und eine Schale Kekse standen, genau das Richtige für meinen süßen Zahn. Der Tee schmeckte sehr gut, und die englischen »sweets« wurden ab sofort meine Leidenschaft.

Die erste Hürde war genommen – der Einstieg geschafft. Was ich hier alles sah, ließ meine Müdigkeit sofort verfliegen. Mein Gott, was lebten doch meine Eltern bescheiden. Ich hätte ihnen auch solch ein hübsches Haus wie dieses gewünscht. Aber dazu fehlte das notwendige Geld. Jedoch waren sie stets zufrieden und bodenständig. »Träume darf jeder Mensch haben«, sagte mein Vater oft. »Aber die Realität sieht meist anders aus, und man muss lernen, mit dem auszukommen, was einem zur Verfügung steht.«

In das riesige Wohnzimmer hätte unsere komplette Wohnung hineingepasst. Und diese tolle Einrichtung! Alles war einfach schön hier. Am Ende des Zimmers unter einem großen Fenster stand eine hellgeblümte Couchgarnitur mit einem großen Glastisch. Der Boden war mit orangefarbigem Teppichboden belegt. Überall gab es Pflanzen und Blumen. Mrs. Sullivan schien einen »grünen Daumen« zu haben. Auf der gegenüberliegenden Seite befand sich ebenfalls ein riesiges Fenster. Schwere, blumenbedruckte Stores fielen an den Seiten herunter und ließen eine freie Sicht hinaus in den Garten. Dann entdeckte ich auch noch einen Kamin. Auf dem steinernen Sims standen in silbernen Rahmen viele Fotos. Eine weiße Schrankwand war voll mit Büchern. Also lasen die Sullivans gerne. Wer war wohl ihr Lieblingsautor?

Und dann die Küche! Hellblaue Schränke, die bis unter die Decke reichten, eine gemütliche Essecke, an der alle Platz hatten, weiße Bodenfliesen – es musste Freude machen, sie zu putzen –, eine große Glastür, die auf die Terrasse führte. All das beeindruckte mich mächtig.

Mrs. Sullivan zeigte mir in der oberen Etage die geräumigen Bäder. Eines davon war in Rosa gehalten und das andere hatte fliederfarbene Kacheln. Flauschige Bade- und Handtücher lagen in großen weißen Regalen. Außer einer Dusche gab es auch noch eine Wanne. Am liebsten hätte ich gleich den Kran aufgedreht und mich hineingelegt, denn so was kannte ich ja nur aus dem Kino.

Wie armselig war dagegen unsere Wohnung zu Hause. Da sollte mir jemand sagen, Geld mache nicht glücklich. Neidisch konnte man werden! Während ich so dastand und alles bestaunte, hoffte ich, dass diese englischen Nasen nicht allzu überempfindlich reagierten, was meinen momentanen Körperduft anbelangte, denn taufrisch roch ich bestimmt nicht mehr nach der langen Reise.

Zu Hause musste meine Mutter immer erst den alten Kupferbadeofen mit Holz schüren, damit wir heißes Wasser zum Baden hatten. Die Fliesen waren von einem hässlichen Beige und ein kleiner Spiegelschrank vervollständigte die Einrichtung. Wie sehr wünschte ich, sie könnte all dies hier auch eines Tages haben. In den 50er Jahren, also kurz nach dem Krieg, siedelten wir aus unserer Heimat, dem Sudetengau, aus. Meine Eltern durften nur wenige Dinge mitnehmen. Unsere schönen Kirschbaummöbel und das Klavier mussten sie zurücklassen. Die erste Zeit in Deutschland war sehr, sehr hart. Fast alles musste neu angeschafft werden und das Geld war knapp. Jeder Pfennig wurde zweimal umgedreht, bevor man ihn ausgab. Ich weiß heute noch nicht, wie meine Mutter es damals geschafft hat, uns alle satt zu kriegen. Aber diese kleine zarte Frau war stark, und wir brauchten nicht zu hungern. Auf unserem Speiseplan stand sehr häufig die berühmte Knoblauchsuppe – Brot, Wasser und Schmalz, Gott erhalt's-, und sie schmeckte uns immer wieder gut. Den Frauen ihrer Generation sollte man ein Denkmal setzen. Sie waren die Heldinnen der damaligen Zeit.

Nun ja, dazwischen lagen Welten! Hier würde ich mich wohl fühlen. Dieses Haus hier hatte all meine Vorstellungen übertroffen. Ich war einfach überwältigt.

In ihrem Einladungsschreiben erwähnte Mrs. Sullivan eine Frau für die groben Hausarbeiten wie Fensterputzen und Flur wischen. Meine Aufgabe würde es sein, hauptsächlich auf die Kinder aufzupassen. Nur einige leichte Tätigkeiten wie das Helfen in der Küche und Zimmeraufräumen waren erwünscht. Ansonsten sollte ich viel freie Zeit zum

Lernen und für den Schulbesuch bekommen. Ich brauchte keine Miete zu zahlen und bekam ja noch ein Taschengeld von zwei Pfund die Woche. Damit müsste ich eigentlich über die Runden kommen.

Am nächsten Morgen saßen lauter Trauermienen am Frühstückstisch. Ich wusste natürlich, warum. Sigrid kämpfte mit den Tränen, die Kinder schmissen sich in ihre Arme und auch Mrs. Sullivan hatte leicht gerötete Augen, versuchte aber tapfer, nicht noch mehr von ihrem sorgfältigen Make- up zu verwischen. Mr. Sullivan ging die Sache ebenfalls sehr nahe. Zweifellos war Sigrids Abreise eine Tragödie für die komplette Familie. Für mich nicht. Ich war froh, sie bald nicht mehr zu sehen, denn nun lechzte ich förmlich nach Zuneigung meiner Gastfamilie.

Das Frühstück, das wir alle gemeinsam einnahmen, fand meine volle Anerkennung. Ich hielt mich noch etwas zurück. Mein Appetit war schon zu Hause nicht von schlechten Eltern, aber ich wollte natürlich nicht gleich am ersten Tag unangenehm auffallen – also inspizierte ich aus den Augenwinkeln heraus, was denn alles auf dem Tisch stand. Außer jam und marmelade gab es Wurst, Eier, Schinken und sogar geräucherte Forelle. Ob wohl jeden Morgen so ein Super-Chappy hier auf dem Tisch stehen würde? Nein, sicherlich war es das Abschiedsfrühstück für Sigrid.

Mr. Sullivan fiel meine Bescheidenheit bezüglich Zugreifen gleich auf und er ermunterte mich, nicht so zaghaft zu sein, denn nur mit einem guten Breakfast könnte man einen guten Tag haben. Das war seine Devise. Sara und Debbie teilten in keiner Weise seine Auffassung. Sie rutschten unruhig auf ihren Sitzen hin und her und zeigten keinen Appetit. Lediglich auf gutes Zureden ihrer Mummy ließen sie es sich gefallen, dass ich ihnen die Toastscheiben in

Dreiecke schnitt, in das weich gekochte Ei tauchte und diesen Leckerbissen vor ihre Münder hielt. Auch Mrs. Sullivan hielt sich dezent zurück, ein Toast schien ihr vollständig zu genügen, dafür schluckte sie Unmengen von Tee.

Das wiederum war für mich gewöhnungsbedürftig, denn bei uns zu Hause wurde Kaffee bevorzugt. In den ersten Jahren nach dem Krieg kam natürlich nur der Lindes-Malzkaffee auf den Tisch. Ich hab noch das Liedchen im Ohr: »Lindes, Lindes, Lindes, ja, der schmeckt…« Aber als die Zeiten besser wurden, vermischte ihn meine Mutter peu à peu mit »echtem« Bohnenkaffee. Und später verschwand die weiß-blau-gepunktete Verpackung samt Malzkaffee-Inhalt in der Versenkung. Tee tranken wir entweder kalt an heißen Sommertagen oder im Herbst, wenn sich Husten und Schnupfen einstellten. Dann aber kam der gute Kamillentee auf den Tisch. Die Blüten hatten wir selbst auf den Wiesen gesammelt. Zu Hause wurden sie auf Zeitungspapier gelegt und getrocknet.

Sambo schien ebenfalls einen Stammplatz am Tisch zu haben. Er saß neben Mr. Sullivan, der ihm ab und zu gönnerhaft ein leckeres Häppchen zukommen ließ. Gott sei Dank schaffte es dieser Dackel nicht, seine feuchte Schnauze auf den Tisch zu legen. Das hätte ich nun doch nicht ertragen. Sobald er nichts mehr zwischen den Beißern hatte, ließ er ein tiefes Grummeln hören und Mr. Sullivan sorgte sofort für Nachschub.

Sigrid war in Aufbruchstimmung, die Heimat rief und sie wollte den Abschied nun ziemlich schnell hinter sich bringen, was nur verständlich war. Als sie mit Mr. Sullivan, der nun die traurige Aufgabe hatte, sie zum Bahnhof zu bringen, ins Auto stieg, wurden nochmals ordentlich Tränen vergossen, Taschentücher total eingenässt, und ich muss gestehen, dass dies eine eindrucksvolle Abschiedszeremonie für ein au pair war. Danach schlichen alle – bis auf mich – traurig ins Haus. Ich schenkte Mrs. Sullivan einen teilnahmsvollen Blick, den sie dankbar annahm.

Eigentlich fühlte ich mich fit wie ein Turnschuh und hatte einen regelrechten Tatendrang. Ich hätte von Anfang an besser daran getan, nicht so einen Arbeitseifer an den Tag zu legen, aber so war ich nun mal, leider. Ich räumte zuerst die chaotisch aussehende Küche auf und ging dann nach oben in die Kinderzimmer. Sara saß auf dem Boden und hatte ein ziemlich zerfleddertes Bilderbuch vor sich liegen. Sie schaute mich so bedrückt an, dass ich echtes Mitleid verspürte. Na ja, ich musste nun mein Bestes tun, um Sigrid ins Land der Vergessenheit zu schicken. Also setzte ich mich aufs Bett. »Komm, Sara, zeig mir dein Buch.« Das wirkte. »Liest du mir vor, Brun? Das hat Sigrid auch immer gemacht.«

Ihr kleines Gesicht war verheult. Unbedingt musste ich versuchen, sie jetzt zu trösten. Also betrachtete ich erst einmal mit großem Interesse die vielen Viecher, die da abgebildet waren. Das Buch schien ihr Lieblingsbuch zu sein, und einige Seiten hatten das viele Umblättern nicht ausgehalten. Der Leim hielt sie nicht mehr zusammen, und Sara zeigte eifrig auf ihre Lieblingsverse, um sie mir dann »vorzulesen«. Sie kannte alle auswendig. Nicht ein klitzekleiner Fehler unterlief ihr. Danach musste ich eine Leseprobe bestehen, und bereits nach einer Viertelstunde kannte ich die englische Übersetzung für Schweine, Kühe, Hühner, – also alles, was sich so auf einem Bauernhof herumtrieb. Nicht schlecht für den Anfang, dachte ich. Sie ist eine gute Lehrerin.

Mein Vorlesen fand Saras große Anerkennung und

Mrs. Sullivan, die mit Debbie ins Zimmer kam, war beeindruckt. Allerdings nicht von mir, sondern von meiner kleinen Lehrerin, die bereits wieder mit ernster Miene ihren Zeigefinger auf eine Kuh hielt und mich fragend anschaute.

Debbie wollte ebenfalls zuhören und brachte Sambo mit. Der versuchte mit großer Beharrlichkeit auf das Bett zu gelangen. Der liebe Gott hatte sich bestimmt etwas dabei gedacht, hinterlistige Dackel mit kurzen Beinchen auszustatten. Es gelang ihm nicht, aber deswegen gab er nicht auf. Nein, er begann, an der schönen Tagesdecke zu zerren und biss wütend in den Frottierstoff. Das fand Mrs. Sullivan derart rührend, dass sie das »poor doggy« sofort hochhob, woraufhin er es sich sogleich zwischen mir und Sara bequem machte. Ausgiebig begann er nun meinen Arm zu beschnüffeln, zwängte sich auf meinen Schoß und kämpfte sich mit seiner feuchten Schnauze keuchend bis zu meinem Brustansatz vor. Ich hielt die Luft an. Der Hund hatte auch noch Mundgeruch! Mrs. Sullivan war entzückt. »Wie süß, er mag dich, Brun!« Zum Glück wollte Sara auf meinen Schoß und schubste ihn einfach weg, was Mrs. Sullivan sofort veranlasste, ihrer kleinen Tochter einen Vortrag zu halten, wobei sie ihr erklärte, dass man zu seinem Hund immer sehr nett sein sollte. Der zutiefst gekränkte Sambo dackelte daraufhin entrüstet aus dem Zimmer.

Debbie war klein und schmächtig und Sara drei Jahre voraus. Ich wollte nicht glauben, dass ich eine Sechsjährige vor mir hatte. Obwohl sie fast zerbrechlich wirkte, merkte ich schon sehr bald, dass sie über eine Riesenportion Energie und Selbstbewusstsein verfügte. Sara hingegen war ein kräftiges, kleines Mädchen mit schönen großen blauen Augen und hübschen weißen Zähnchen. Ich fand sie einfach niedlich. Sie hatte mich sehr schnell mit ihrem Charme eingewickelt, ihr gehörte schon jetzt uneingeschränkt meine Zuneigung.

Wie ich später von Mrs. Sullivan erfuhr, war Debbie mit einem Loch im Herzen geboren worden. Sie sollte, wenn sie einige Jahre älter sein würde, in London operiert werden, aber momentan war die Operation zu gefährlich. Bei der kleinsten Aufregung konnte sie in Zorn erglühen, das schmale Gesicht nahm innerhalb von Sekunden eine knallrote Farbe an und sie warf sich schreiend auf den Boden. Das war schon sehr beeindruckend. Und stets hatte sie das Bedürfnis, im Mittelpunkt zu sein, was ihr mühelos gelang. Ich glaube, Sara hatte es nicht immer einfach. Sie merkte sehr wohl, dass ihre Eltern sich bei Debbie viel großzügiger verhielten. Dass dies an der Krankheit lag, die ihre Schwester hatte, konnte sie noch nicht verstehen. Und Debbie nutzte alle Gelegenheiten aus, um immer und überall die erste Geige zu spielen.

Schon nach ein paar Tagen klopfte es morgens stets an meine Tür. Es war Sara, die auf Zehenspitzen an mein Bett kam und mir Worte wie »mein Lämmchen, wach auf« ins Ohr flüsterte. Das »Lämmchen« brach nicht immer in lauten Jubel aus, vor allem dann nicht, wenn es am Abend vorher spät ins Bett gekommen war.

Nach vier Wochen entschied Claire – ich durfte sie nun mit ihrem Vornamen anreden –, dass eine Putzfrau in diesem Hause vollkommen überflüssig war. Ich hegte größte Zweifel, ob jemals eine Hilfe in diesem Haus ihren Schrubber geschwungen hatte. Vielmehr argwöhnte ich, dass Claire stets einen guten Griff mit ihren au pairs gemacht hatte. Während der ersten Tage zeigten sich die meisten sowieso von der besten und fleißigsten Seite. Das

Thema »Putzfrau« konnte abgehakt werden. »Brun, ich meine, **wir beide** schaffen es auch ohne sie.« Zustimmung heischend schaute sie mich hoffnungsvoll an. Und ohne mich zu Wort kommen zu lassen, fügte sie hastig hinzu: »Ich werde ihr kündigen. Seit Wochen ist sie krank. Sie lässt überhaupt nichts von sich hören. Es ist kein Verlass mehr auf die Leute.« Und schon war das Kapitel für sie abgeschlossen. Na, das konnte ja heiter werden. Denn aus dem kleinen Wörtchen »**wir**« wurde ganz schnell das kleine Wörtchen »du«.

Es bedeutete natürlich, dass »rough housework« in Zukunft meine Arbeit bereichern würde. Das war so sicher wie das Amen in der Kirche. Meine Begeisterung hielt sich in Grenzen. Und Claire nahm das Wort »»Putzfrau« nie mehr in den Mund. Gleich nach dem Frühstück zog es Madam immer ganz schnell aus der Küche hinaus. Bevor sie verschwand, liebte sie es, kleine Selbstgespräche zu führen, ziemlich laut und deutlich, damit ich auch alles gut verstand. Meist fiel ihr nämlich ein – oh god!, dass sie das date mit ihrer Freundin Jennifer fast vergessen hätte. Sie verschwand wie der Blitz und kam erst gegen Mittag wieder nach Haus.

Anfangs glaubte ich Schaf ihr natürlich, aber als sich ihre »dates« häuften, wusste ich, dass sie nicht zur Hausarbeit geboren war. Shoppen in der City oder ein tea-time-date bei ihren zahlreichen Freundinnen, ja, damit hätte man Claire nachts aus dem Bett holen können. Sie verdrückte sich, so oft sie nur konnte und überließ mir vertrauensvoll Haus und Garten. Wie sollten denn auch ihre zarten und gepflegten Hände mit einem Kartoffelschäler oder – noch schlimmer – einem Schrubber umgehen? In den paar Wochen, die ich hier verbrachte, hatte sie schon mal ein hübsches, sauberes Staubtuch in die Hand genommen, das sie meist gedankenverloren anschaute und ganz schnell wieder weglegte.

Ihre Lieblingssätze, die sie stets im Plural von sich gab, lauteten meist so: »Brun, wir müssen noch die Kartoffeln schälen und, äh, den Abfalleimer müssen wir auch noch auswaschen, und, äh, äh.« Letztendlich schälten und wuschen meine zwei Hände dann doch alleine. Nach dem Mittagessen blickte sie betroffen auf all die schmutzigen Teller und Töpfe, räumte auch mal ein benutztes Teilchen vom Tisch, schaute mich unschlüssig an und machte, dass sie aus der Küche kam. Wie gesagt, morgens war sie meist wie von der Erde verschluckt, rein in den Mantel und ab mit dem Auto. So war sie nun einmal.

Leider hatte ich keinen Führerschein. Vielleicht hätte ich sonst die Möglichkeit gehabt, zwischendurch auch mal zu verschwinden, ein paar nette Runden mit dem kleinen Mini zu drehen und dann Sara aus dem Kindergarten und Debbie aus der Schule abzuholen. Aber das ließ sich ja nicht machen. Die Kinder waren es nicht gewohnt, so weite Strecken zu Fuß zurückzulegen. Da war der kleine Mini schon sehr sinnvoll. Und außerdem, wer sollte mich als Gemüseputzer vertreten? Wohl kaum die liebe Claire.

Sehr oft wurde tiefgekühltes Gemüse auf den Tisch gebracht, was ich gar nicht kannte. Der Lunch fiel mittags sowieso ziemlich mager aus. Am Abend dagegen war das Dinner ausgiebiger, denn dann kam ein hungriger Howard vom Büro und wollte beides – Fleisch und Gemüse. Claire kochte nicht gerne, mit Ausnahme von Nachspeisen. Die gelangen ihr wirklich gut, und sie besuchte extra einen Kursus, um raffinierte Desserts bei familiären Anlässen servieren zu können. Ich vermisste schon nach wenigen Tagen die gute Hausmannskost meiner Mutter, aber Deutschland war weit weg.

Die tea time am späten Vormittag liebte ich sehr. Wenn Claire im Hause war, setzten wir uns zusammen an den Tisch und knabberten zu meiner Freude an netten kleinen Keksen herum. Zu meiner Beschämung muss ich gestehen, dass ich mich wirklich sehr schlecht zurückhalten konnte. Oft griff ich so lange in die Dose, bis sie halb leer war und Claires erstauntes Gesicht sprach Bände! Dazu tranken wir dann Tee mit viel Milch, und auch dieses Getränk schloss ich schon nach kurzer Zeit in mein Herz. Eigentlich alles, was so in den Mund wanderte.

Die ersten Wochen vergingen wie im Flug. Ich hatte meinen eigenen Rhythmus gefunden, was die Hausarbeit anbelangte. Nun, da ich ja auch noch für »das Grobe« zuständig war, hatte ich zusätzlich das Fensterputzen und Bodenwischen übernommen. Meine mir zustehende Freizeit war demzufolge schon ziemlich knapp bemessen.

Jeden Montagmorgen schleppte Claire Figuren und Teile aus Küche und Wohnzimmer heran und stellte sie auf den Tisch. All diese interessanten Gegenstände waren aus Messing. Und das bedeutete, dass sie ständig poliert werden mussten, um weiterhin für sie eine Augenweide zu sein. »Wir wollen das jetzt mal immer am Wochenanfang erledigen«, meinte sie leichthin, legte Lappen und Poliermittel zurecht und das mir bekannte Selbstgespräch begann. Nach höchstens fünf Minuten war ich allein im Haus. Ich fand das manchmal richtig gemein, aber ein Schaf wie ich bleibt ein Schaf. Also putzte ich auf Teufel komm raus und war dann auch noch stolz, wenn sie beim Heimkommen überschwängliche Loblieder auf mich losließ. Es war wirklich leicht, ihr eine Freude zu machen.

Howard – auch ihn durfte ich jetzt beim Vornamen nennen – profitierte sehr von mir. Wenn sein Auto in die Einfahrt fuhr, empfing ihn eine ausgeruhte und fröhliche Ehefrau. Ich glaube, er wusste, wem er das zu verdanken hatte. Howard war eigentlich immer gut gelaunt. Er machte gerne Witze, über die er selber herzlich lachen konnte und ich wusste, er freute sich, dass ich mich in seinem Haus so wohl fühlte.

Die beachtliche Menge an Wäsche, die ja nun mal in einem Fünf-Personen-Haushalt anfällt, vertraute mir Claire selbstverständlich auch an. Was mir sehr gefiel, das war der warme Trockenraum, der zu ebener Erde neben der Küche lag. Nachdem ich meine Bügelwäsche fertig hatte, wurden alle Teile erst einmal übersichtlich in einen großen offenen Schrank mit vielen Fächern gelegt, wo sie ein paar Tage verblieben, bevor ich sie einräumen durfte. Das Bügeln war zeitraubend. Ich erledigte diese tödlich langweilige Arbeit meist nach dem Lunch. Claire zog sich dann diskret in den dining-room zurück, vertiefte sich in ihre Zeitung und ließ mich absolut in Ruhe. Hatte ich aber einen freien Nachmittag, so konnte es passieren, dass sie sich auch einmal an das Bügelbrett stellte und sich einen Korb mit Wäsche vornahm, mit einem Seitenblick auf mich, ob ich diese Kollegialität denn auch zu würdigen wisse.

Ich Ross hatte dann stets leichte Gewissensbisse, aber schließlich ging der Sprachunterricht vor und dann blieb ihr eigentlich nichts anderes übrig, als auch mal Hausfrau zu spielen.

Wie gesagt, einen Fünf-Stunden-Tag, der mir als au pair zugesichert worden war, gab es also nicht. Das hatte ich schnell begriffen. Klar, dass ich mir manchmal meinen Frust von der Seele schrieb und dicke Briefe nach Hause schickte. Was meine Eltern dann lasen, war einerseits sehr fröhlichen Inhalts, aber, wenn ich so richtig geladen war, schnitt Claire in meinen detaillierten Berichten total schlecht ab. Postwendend teilte mir sogleich meine Mutter mit, dass ich keinen Grund zu Klagen hatte, schließlich profitierte ich doch sehr davon, später mal ein ganzes Haus in Schuss halten zu können. Da müsste ich schon ein bisschen dankbarer sein. Und ich würde außerdem noch von der gesamten Familie geliebt, das wäre auch nicht überall der Fall. Also, dachte ich, Mund halten und wenn dem so ist, nach innen lästern. Gut war ja meine Gastfamilie zu mir. In diesem Punkt gab ich meinen Eltern Recht.

Debbie und Sara waren sehr anhänglich geworden und der Name »Sigrid« ausradiert, punktum. Hier ging es nur noch um »Brun«. Ich war für sie unverkennbar der ruhende Pol in ihrer Familie geworden. Es war wirklich nicht vermessen von mir, zu sagen, dass ich voll und ganz zu ihnen gehörte.

Es kam auch vor, dass Claire und ich zusammen etwas unternahmen. An einem Abend gingen wir beide spazieren. In unmittelbarer Nachbarschaft befand sich ein altes Gut, versteckt hinter Büschen und Obstbäumen. Auf der Wiese graste eine Kuhherde. Was uns aber immer wieder magisch anzog, waren die wunderschönen üppigen Rosen, die Claires Phantasie bezüglich Blumenarrangements sehr anregten. Jedes Mal, wenn wir diesen Weg gingen, der zu dem riesigen Grundstück führte, merkte ich, dass sie auffällig unruhig wurde, sobald die Blumen in unser Blickfeld kamen. Eines Tages hatte sie eine Idee. »Was hältst du davon, wenn wir uns mal heute Abend ein paar Rosen abschneiden«, fragte sie und sah mich erwartungsvoll an. »Warum sollen sie alle verwelken, kein Mensch hat hier Interesse daran, sie zu pflücken.« Ich fand das auch, äußerte aber

Bedenken bezüglich der vielen Rindviecher auf der Wiese, da ich mit solchen Tieren keinerlei Erfahrung hatte, aber sie winkte nur ab. »Kühe sind doch vollkommen harmlos, vor denen brauchen wir keine Angst zu haben. Außer, dass sie dumm glotzen, und das macht uns ja nichts.« Dieses Argument ließ ich gelten.

Howard durften wir auf keinen Fall erzählen, was wir vorhatten. Er wäre sicherlich aufgebracht. Seine Frau als Rosendiebin in Gesellschaft ihres au pair. Nein, er durfte nichts davon mitbekommen. Männer müssen ja auch nicht alles wissen. Wir suchten uns den Donnerstag aus, an dem er sowieso zum Basteltreff ging, und steckten Debbie und Sara eher ins Bett. Die feinen Nachbarn durften selbstverständlich auch nichts mitbekommen. Was wäre das für ein gefundenes Fressen z. B. für Mrs. Chadwick, die den Solihuller Stadtanzeiger diskret informieren würde: »Direktionsgattin samt au pair beim Rosenklau auf frischer Tat ertappt.« Also, mutig war Claire, das musste ich zugeben.

Mir war schon etwas mulmig, als wir uns an den dichten Büschen vorbei schlichen, bis wir zu einem Loch kamen, das groß genug war, uns durchzulassen. Jeder von uns hatte eine Gartenschere dabei. Die prächtigen Rosen schauten uns vorwurfsvoll an. Ich war voller Eifer und knipste die dicken Stiele ab, so schnell ich nur konnte. In Windeseile hatte ich einen ansehnlichen Strauß gepflückt, als ich plötzlich merkte, dass ein paar Kühe langsam auf uns zukamen und uns aus ihren großen Augen neugierig musterten. Ich ahnte Böses. Als sich dann eine erdreistete, ganz nah an mich heranzukommen, geriet ich in Panik. Zitternd hielt ich meinen Strauß in der Hand und rief leise nach Claire, die noch fleißig mit der Gartenschere hantierte. »Ich will nichts wie weg, Claire«, sagte ich. »Gleich geht das Viech auf mich los!« »Bleib ganz ruhig, Brun.« Claire blieb erstaunenswert cool.

Was hatte sie doch für gute Nerven im Gegensatz zu mir. Ich bibberte schon vor Angst. Sie gab der Kuh einen derben Klaps, woraufhin sie sich zu meiner endlosen Erleichterung davon trollte.

Mich hielt jetzt aber nichts mehr. Ich lief, so schnell mich meine Beine trugen, zum Schlupfloch. Zu allem Übel blieb ich mit meinem Pullover an einem Strauch hängen. Ich zerrte und riss mir vor lauter Aufregung einen ordentlichen Winkelhaken in das ausgeleierte Stück. Jetzt bemerkte ich, dass meine linke Handfläche blutete. Die schrecklichen Dornen waren schuld daran. Warum hatte ich auch keine Handschuhe genommen?

Endlich war ich draußen und drehte mich nach Claire um. Ziemlich zerzaust, einen Schmutzfleck auf der Wange, zwängte sich auch Frau Direktor aus der Hecke heraus. Es war schon ein unwürdiger Anblick, und am liebsten hätte ich laut gelacht, aber ich wusste nicht, wie Claire darauf reagieren würde. Schnell holte sie eine große Plastiktüte aus ihrer Jackentasche hervor und ließ die Blumen darin verschwinden. Falls uns jemand entgegenkommen würde, brauchten wir keine neugierigen Fragen zu beantworten. Sehr clever. Wir schauten uns an und ich wischte Claires Schmutzfleck mit einem Taschentuch weg. Dann mussten wir beide aber doch lachen. »Brun, das ist ein top secret. Okay?« Ich versprach hoch und heilig, niemandem von unserem Ausflug auch nur ein Wörtchen zu erzählen. Wem auch? Keine zehn Pferde würden mich je wieder dort hin kriegen, aber Spaß hatte es trotzdem gemacht.

Howard war entzückt über den Riesenstrauß, den Claire ganz dekorativ auf den Kamin stellte. Sie lächelte, kniff mir ein Auge zu und sagte zu ihm: »Hab ich gestohlen, Darling!« Und Darling lächelte ahnungslos zurück: »Das wäre dir zuzutrauen!« Beides war nicht gelogen, fand ich.

Bald war ich auch ihre Hausfriseuse. Ich wusste gar nicht, dass so viele Talente in mir schlummerten. Claire entdeckte sie aber alle. Als ich nämlich eines Abends meine Haare – sehr gekonnt – mit Lockenwicklern bestückte, kam sie herein und fand das marvellous! »Du machst das ja wie eine Friseuse«, rief sie voller Entzücken und ich Ross ahnte nicht, in welche Falle ich hineintappte. In äußerster Bescheidenheit bot ich ihr an, meine Wickeltechnik an ihren Haaren zu demonstrieren, und sie nahm das Angebot schlagartig an. Von da an wurde der Donnerstag zum Friseurtag gekürt. Claire und ich machten Gesichtspackungen und zupften unsere Augenbrauen. Um noch schöner zu sein, kaufte sie Schlafwickler. Sie waren aus rosa Schaumgummi, und mit ihnen ging sie auch ins Bett. Howard schien das nicht zu stören. Er war fast jeden Abend so gestresst und hielt seinen ersten Schlaf bereits auf dem Sofa. Da war es ihm sicher egal, in welcher Verpackung seine Ehefrau neben ihm lag.

Obwohl ich mir fest vorgenommen hatte, hauptsächlich mit englischen Mädchen Freundschaften zu knüpfen, war ich recht neugierig auf ein neues au pair aus Deutschland. Unsere Nachbarn erwarteten ein Mädchen aus Stuttgart. Claire hatte erfahren, dass sie gerade angekommen war, und nach ein paar Tagen ermunterte sie mich, bei den Chadwicks anzurufen. Das tat ich dann auch gern. Schon, um mal wieder ein paar deutsche Laute zu hören. Und so lernte ich Inge kennen. Was für ein Mädchen! Sie war auffallend hübsch, ihre kastanienbraunen Haare trug sie halblang. Mein Gott, wie ich sie um ihre Frisur beneidete. Und erst einmal ihre Augen! Dunkel waren sie, und dann ihr Teint, beneidenswert klar und sauber. Ich musste unbedingt herauskriegen, mit welcher Creme sie so ein Ergebnis erzielte. Anfänglich war sie sehr zurückhaltend, aber das legte sich schnell. Schon nach wenigen Wochen wurden wir so gute Freundinnen, dass ich mir die Zeit ohne sie gar nicht mehr vorstellen konnte. Vor allem imponierte mir ihr selbstsicheres Auftreten. Sie sagte auch stets ohne große Umschweife, was ihr passte und was nicht.

Ihre Gastfamilie war zu ihr freundlich, jedoch ziemlich distanziert. Und was ihre Arbeitszeit anbelangte, so hielten sich die Chadwicks strikt an die Regeln. Das bedeutete, dass Inge viel mehr Freizeit hatte als ich. Die Putzfrau war tatsächlich allgegenwärtig und Inges Aufgabe bestand darin, sich um die drei kleinen Mädchen zu kümmern, ihnen morgens die Schuluniform anzuziehen und sie bis zur Garage zu bringen, wo Mrs. Chadwick bereits mit dem Wagen auf die Kinder wartete.

Ab und zu wischte Inge auch mal ein wenig Staub und schaute dem Gärtner zu, wie er die Rosen pflanzte. Solche au pair-Stellen waren zwar rar, aber es gab sie doch, wie man sah. Nach dem Essen half sie Mrs. Chadwick beim Füllen der Spülmaschine (dieses Luxusgerät fehlte leider in unserer Küche), und danach durfte Inge auf ihr Zimmer gehen. Das ließ sie sich natürlich nicht zweimal sagen. Ich muss ehrlich zugeben, dass ich oft ganz schön neidisch auf sie war. Im Vergleich zu meiner Arbeitszeit hatte sie ja direkt Ferien! Allerdings fehlte ihr doch ein wenig familiäre Wärme. Hatten ihre Gasteltern Besuch, wurde sie nicht aufgefordert, dabei zu bleiben. Sie saß dann in ihrem Zimmer und hatte »free time«. Das wiederum war in unserem Hause undenkbar. Ich hatte manchmal gar keine Lust, den Gesprächen unserer Besucher zuzuhören. Die Männer unterhielten sich sowieso nur über ihre Jobs, und bei den Damen gab es kein heißeres Thema als Kinder und Mode.

Wenn es mich zu sehr langweilte, wollte ich mich ganz unauffällig verdrücken, aber sobald ich nur in die Nähe der Treppe kam, holte mich meine liebe Claire zurück. »Brun, es ist wichtig für dich, dass du englisch sprichst. Bleib hier. Was sollst du denn auch ganz allein upstairs?« Zähneknirschend setzte ich mich also wieder auf die Couch. Dabei hatte ich oft genug das Gefühl, dass der liebe Besuch die starke Hoffnung hegte, nicht mit mir zusammen an einem Tisch zu dinieren. Ein einfaches au pair, das war ja schon heftig. Man könnte ja gleich auch noch den Gärtner einladen. Was für eine Runde! Für Howard und Claire jedoch gehörte ich zur Familie. Da konnten die Leutchen dumm gucken. Ich hatte einen festen Platz auf dem Sofa.

Natürlich wusste ich, wer dann noch zu später Stunde für das Abräumen verantwortlich war. Aber fairer weise muss ich sagen, dass auch Howard mithalf, und ab und zu gab es für meinen »Sondereinsatz« ein Pfündchen außer der Reihe. Ich fand das durchaus korrekt. Schließlich war diese Art von Zusatzschicht ganz schön anstrengend. Außerdem traf es keine armen Leute, und mein Taschengeld war ja nicht gerade üppig.

Wie gesagt, unser Haus stand in einer hübschen Seitenstraße, mitten im Grünen, umgeben von Gärten, idyllisch und ruhig gelegen. Aber die Chadwicks bewohnten ein noch eleganteres Haus, sie konnten sogar eine Brotfabrik mit mehreren Filialen in Mittelengland aufweisen, und Mrs. Chadwick passte da super hinein. Sie blieb stets in

Distanz zu allen Damen der umliegenden Bungalows, was ihr den Ruf einer arroganten Schnepfe einbrachte.

Aber sie hatte das gewisse Etwas. Sie verstand es, sich ganz edel anzuziehen. Na ja, und bei der Figur kamen ihre Designerklamotten natürlich so richtig zur Geltung. Der blonde Kurzhaarschnitt stand ihr ausgezeichnet zu Gesicht. Mr. Chadwick passte – was das Äußere anbelangte – sehr gut zu ihr. Er war groß und sportlich und fuhr einen roten Porsche, der ihm viele bewundernde Blicke einbrachte. Wie es sich für einen Brotfabrikanten eben gehörte! Manchmal benutzte auch Mrs. Chadwick dieses Auto, und Claire gefiel es absolut nicht, wenn wir in unserem mickrigen Mini-Cooper die Straße entlang tuckerten und plötzlich Mrs. Chadwick elegant an uns vorbeipreschte, ohne uns eines Blickes zu würdigen. »Blöde Kuh«, war Claires Kommentar. Ihr Mund war dann sehr schmal und ihr gepuderter Teint nahm die Röte ihrer Haare an. Ich konnte sie gut verstehen, denn Neid ist menschlich. Aber Howard hatte eben keine eigene Fabrik. Er war leider nur ein Direktor! Und seinem Image war er schuldig, dass er mit dem großen Wagen nach Birmingham in die Firma fuhr. Ich kannte niemanden bei uns zu Hause, der sich zwei Autos leisten konnte.

Charakterlich unterschieden sich aber Howard und Mr. Chadwick gewaltig. Wie Inge schon sehr bald herausfand, zeigte sich ihr Brötchengeber nicht nur von seiner väterlichen Seite. Er hatte keine Hemmungen – auch nicht in Gegenwart von Mrs. Chadwick – auf Inges gut gewachsene Beine zu starren und ihr dann auch noch platte Komplimente zu machen. »Der Typ ist scharf wie ein Rettich, kann ich dir sagen. So ein alter Lossrock. Er könnte mein Vater sein.« Inge war entrüstet. Ich riet ihr, vorsichtshalber ihre Tür immer zu verschließen. Man konnte ja nicht wissen. Natürlich war ich erschüttert. Ob er wohl seine Frau betrog? Ich konnte es nicht glauben, denn in meinen Augen verkörperte Mrs. Chadwick Schönheit, Jugend, Charme. Was vermisste dieser Mensch eigentlich? »Fast jeden Abend ist der Kerl verschwunden. Sie sitzt meistens allein im Wohnzimmer. Ich krieg das doch immer mit!« Inge war davon überzeugt, dass er es faustdick hinter den Ohren hatte.

Ich musste ihr versprechen, nicht das kleinste Sterbenswörtchen in unserem Hause darüber verlauten zu lassen. »Das wäre doch ein gefundenes Fressen für deine Madam«, meinte sie. »Die hätte nichts Eiligeres zu tun, als den ganzen Wendehammer zu informieren, die alte Klatschtante!« Claire schnitt bei Inge nie gut ab. Sie nahm es ihr sehr übel, dass sie mich so viel arbeiten ließ. »Für zwei Pfund die Woche, es ist eigentlich unverschämt, wie sie dich ausnutzt, wo du doch einen Vertrag als au pair hast. Du bist keine Putzfrau!« Na ja, es tat mir schon gut, so ein wenig bemitleidet zu werden. Aber bisher war ich noch nicht unter der Last der Arbeit zusammengebrochen.

Knapp drei Jahre später – wir waren schon längst wieder in Deutschland – bekam Inge einen Brief von Gil Chadwick, in dem sie ihr mitteilte, dass ihre Ehe gescheitert war und sie mit den Kindern zu ihrer Mutter nach Jersey ziehen würde. Es war sicherlich der richtige Schritt. Mrs. Chadwick hatte in Inge doch tatsächlich in den letzten Monaten eine Art »Beichtmutter« gefunden. Es beeindruckte mich damals sehr, dass zwischen den beiden so etwas wie ein Vertrauensverhältnis entstanden war. Das hätte am Anfang niemand vermutet, denn Inge war ja schließlich erst 18 Jahre alt. Auch so was kam vor. Eine Fabrikantengattin schüttet ihr Herz vor ihrem Kindermädchen aus. Schönheit und Reichtum bedeuten nicht immer Glück. Da konnte meine Claire auf jeden Fall mit Howard zufrieden sein. Er war so, wie ich mir einen richtig braven Ehemann vorstellte, treu und lieb. Jedenfalls brauchte ich kein Sicherheitsschloss vor meiner Tür. Howard würde es nicht im Traum einfallen, mein Zimmer zu betreten. Nein, dieser Mann war grundanständig.

Wie oft schon hatte mir Claire erzählt, dass sie in jungen Jahren im Royal Ballett tanzte. Dann aber war Howard in ihr Leben getreten und ihre großen Träume bezüglich einer Tanzkarriere lösten sich in Seifenblasen auf. Wenn sie davon sprach, stieß sie einen tiefen Seufzer aus und schaute mich von der Seite theatralisch an. »Tja, Brun, manchmal ärgere ich mich schon, dass mir Howard so früh über den Weg gelaufen ist. Wenn ich an diese Zeit denke, werde ich immer ein bisschen sentimental. Mein Leben wäre garantiert anders verlaufen.« Ob sie an die großen Bühnen dachte? Broadway vielleicht? Ich vermutete es stark. Und dann war sie für die nächsten zehn Minuten in einer anderen Welt. Sie wirkte regelrecht schwermütig. Natürlich hatte sie mein Mitgefühl. Es war sicherlich nicht einfach gewesen, ihre Karriere gegen einen – wenn auch wirklich netten – Mann einzutauschen. Ein schillerndes, spannendes Leben mit Theaterauftritten, Reisen, tollen Partys. Tja, Broadway oder Howard, irgendwie war das doch ein toller Liebesbeweis, dass sie sich für ihn entschieden hatte. Er konnte sich schon was darauf einbilden.

Das musste ich Inge erzählen, und es wurde ein abendfüllendes Thema für uns beide. Sie bekam fast einen Schreikrampf. »Sag mal, glaubst du eigentlich alles, was sie so daherschwafelt. W e n n sie überhaupt irgendwo aufgetreten ist, dann in einer Stadthalle. Aber bestimmt nicht auf einer großen Bühne. Mensch, du bist vielleicht naiv.« Sie ließ aber auch kein gutes Haar an meiner Ballerina. Ich war mir jetzt auch nicht mehr so ganz sicher, ob Claire tatsächlich solch eine überdurchschnittliche Begabung besessen hatte. Aber was sollte es. Ihr gefiel es auf jeden Fall, dass ich sie bewunderte. Schließlich wusste ich auch, wie gut man sich fühlt, wenn man mal ein paar nette Komplimente bekommt.

Schon sehr bald merkte ich, dass mein Appetit Formen annahm, die ich von Deutschland her gar nicht kannte. War es vielleicht die gute Luft hier in Mittelengland? So konnte ich morgens kaum das Frühstück abwarten. Ich legte einen großen Eifer an den Tag, den Tisch zu decken und Eier zu braten. Die Toastschnitten vermochten mich nicht zu sättigen. Ich wurde mit der Zeit so gierig, dass ich sogar auf die Eierreste von Sara und Debbie scharf war. In Claires Anwesenheit drängte ich die Kleinen sanft zum Aufessen der Toastschnitten und – was mir unbegreiflich war – sie aßen ohne Lust! Ich konnte gar nicht verstehen, wie gering ihr Hunger morgens war. Aber kaum hatte Claire die Küche verlassen, machte ich mich schnurstracks über alles her, was denn so auf Saras und Debbies Tellern liegen geblieben war, und ich gestehe, ich empfand nicht die geringste Scham dabei.

Meist dauerte es keine halbe Stunde, und das Telefon schrillte. Meine liebe Freundin Inge hatte fast täglich »good news«, auf die ich schon wartete und die immer sehr erfreulich klangen. »Kannst du mal schnell kommen, in der Küche steht jede Menge Kuchen für uns. Hat Mr. Chadwick mitgebracht. Können wir alles essen, aber beeil dich!« Wahrscheinlich hatten die Chadwicks festgestellt, dass Inge viel zu zart war und ein bisschen Zusatzfutter brauchte. Wie gut war es doch, dass sie einen Brotfabrikanten als

Arbeitgeber hatte. Und ich konnte an diesem Glück auch noch teilhaben. Welche Gottesfügung! Das bedeutete, wir brauchten unsere Nasen nicht an die Schaufenster der kleinen Konditorei zu pressen, die wir auf dem Weg zur Schule passierten. Wir machten es uns in Inges Zimmer gemütlich und hauten uns dort die Wampe voll. Unser Appetit war wirklich beeindruckend.

Wie konnte es eigentlich angehen, dass die Chadwick-Kids diese wunderbaren zuckrig-klebrigen Kuchen total kalt ließen? Sie machten sich überhaupt nichts aus Süßigkeiten. Das war für mich unbegreiflich. Und Mrs. Chadwick? Inge sah sie überhaupt so gut wie nie etwas essen. Klar, bei der Figur musste sie sich all das verkneifen, was für uns die reinste Freude war. Ich jedenfalls konnte die täglichen Treffs kaum erwarten. Es war ein Riesenglück für mich, Inge als Freundin zu haben.

Wenn wir kein Babysitting am Abend machen mussten, gingen wir ins Kino oder verabredeten uns mit anderen au pairs, die wir aus unserer Klasse kannten und die genau so süchtig auf Süßes waren wie wir. Wir gaben natürlich der englischen Luft die Hauptschuld. Sie hatte uns ehemals zarte Elfen auf dem Gewissen. Innerhalb weniger Wochen waren die angefressenen Pfündchen zu unserem Entsetzen sichtbar an Stellen, die uns absolut nicht passten. Das war gemein!

Und der hervorragende Appetit ließ uns nicht im Stich. Nach einiger Zeit stellte ich fest, dass meine Handtasche für eine ordentliche Proviantaufnahme viel zu klein war. Ich erstand in einem Second-Hand-Laden einen schönen dunkelblauen Beutel aus Wildleder, in den ein Wochenendeinkauf für einen Single ohne weiteres hineingepasst hätte. Ideal für ein gefräßiges Geschöpf wie mich.

In unserer Klasse, in der wir Englisch paukten, gab es einen Mix aus Deutschland, Österreich, Finnland und Frankreich. Unsere Lehrerin war eine schlanke, ältere Dame und sehr bemüht, einen guten Eindruck auf uns zu machen. Wir waren beeindruckt von den vielen Readern und Büchern, die sie uns zeigte. »Damit ihr wisst, was euch in diesem Jahr erwartet!« Sie genoss es sichtlich, dass wir respektvoll die Menge der Literatur beäugten.

Inge und ich hatten das Bestreben, die Sache gleich von Beginn an richtig zu machen. Das bedeutete Lernen und möglichst viel englische Konversation. Schließlich wollten wir ein gutes Examen machen, und so mussten wir schnellstens in einem Bücherladen all das bestellen, was erforderlich war. Wieder mal ein tiefer Griff in unsere magere Geldbörse. Aber es musste sein. Deswegen waren wir ja nach England gekommen.

Mein Vater erkundigte sich in seinen Briefen, wie ich denn so die finanzielle Lage meisterte. Natürlich konnte er keine Ahnung haben, wie teuer das Leben hier doch war. Schließlich wollte ich auch mal Spaß haben. Dinge wie Kino- und Cafe-Besuche, Busfahrten und Besichtigungen musste ich von meinem knappen Verdienst ebenfalls bestreiten. Ich lebte schon ziemlich genügsam. Beim Anblick meiner Garderobe konnte ich in tiefe Depressionen fallen, vor allem, wenn Claire mit vollen Tüten vom Shopping kam. Und sie ging sehr gerne shoppen. Eilig lief sie dann in ihr Schlafzimmer hinauf, um mir anschließend eine kleine Modenschau zu gönnen. Meine »ahs« und »ohs« sülzten vor Neid, und Claire genoss meine Bewunderung. Wie ich mich dabei fühlte, merkte sie natürlich nicht. Ein au pair hatte schließlich etwas anderes zu tun, als sich Klamotten zu kaufen.

Es schmerzte mich langsam immer mehr, dass ich Schwierigkeiten hatte, in einige meiner Hosen hineinzukommen. Notgedrungen zog ich den Reißverschluss nicht ganz zu und kaschierte die offene Stelle mit einem meiner ausgeleierten Pullis, die bereits die Form eines flotten Minikleides angenommen hatten. Sara liebte es, sich wie ein Äffchen an mich zu hängen, was meine Beweglichkeit sehr einschränkte, aber wenn ich sie abschütteln wollte, war sie zutiefst beleidigt. Also schleppte die geduldige Affenmutter ihr Kleines durch die Gegend, und meine Pullis nahmen an Weite zu.

Als Claire wieder einmal eiligst am Morgen das Haus verließ, inspizierte ich ihren Kleiderschrank, der mich magisch anzog. Wie konnte ein Mensch nur so viel Garderobe besitzen? Das hatten meine beiden Schwestern und ich nicht mal zusammen. Jetzt mal hinein in so ein schönes Teil!

Ich hatte es schon befürchtet, weder einen Rock noch eine Hose konnte ich über meine dicken Oberschenkel ziehen. Oh, ich schämte mich. Ich bekam Panik-Attacken, die sich in Form von roten Flecken zeigten und sich wahnsinnig schnell vom Hals hinauf zum Gesicht ausbreiteten. Claire war eben schlank. So hatte ich anfangs auch ausgesehen. Ich triefte plötzlich vor Selbstmitleid. Das ist die Strafe, wenn man sich nicht beherrschen kann. Ich musste schlucken, ein Vielfraß war ich geworden. Verdammt, so ging das nicht weiter. Auf einmal wurde ich stinksauer auf alle englischen Kuchen und baked beans. Was hatten die aus mir gemacht? Ein unattraktives, pummeliges Mädchen! Ich musste endlich lernen, zu verzichten.

Bereits am selben Abend übersah ich wehen Herzens den Käse, den ich so gern mit einem Cracker aß, und schmiss sämtliche Reste, die auf den Tellern zurückgeblieben waren, tapfer in den Abfall. Hach, das wäre doch gelacht, wenn ich nicht innerhalb von ein paar Wochen ein paar Kilos verlieren würde.

In meinem Zimmer schaute ich mir kritisch meinen Bauch an. Auf ihn war ich immer sehr stolz gewesen, glatt und platt ohne ein einziges Speckröllchen. Und jetzt? Was ich nun sah, war eine dicke Wampe. Meine Attraktivität war dahin! Und dabei war ich noch so jung! Mein trauriger Blick wanderte zu den Oberschenkeln. In den wenigen Wochen waren sie mehr als kräftig geworden, und meine Argusaugen entdeckten zu allem Kummer bereits einen klitzekleinen Beginn von Cellulitis. Mir blieb auch gar nichts erspart. Warum konnte ich mich nicht beherrschen? Wenn das mal so einfach wäre. Aber ich musste es schaffen. Ich wollte zeigen, dass ich einen starken Willen hatte, und in spätestens vier Wochen würden als Belohnung alle meine Kleider wieder passen. Und der ausgeleierte Pulli käme dann sofort in den Müll! Hinweg mit ihm!

Fortan galt es, auf Eierreste und Chadwick-Kuchen zu verzichten.

Direkt lächerlich, dass ich bisher so wenig Disziplin gezeigt hatte. Meine guten Vorsätze musste ich gleich Inge mitteilen. Sie würde mit mir diäten! Jawohl, Standhaftigkeit war jetzt angesagt! Die freien Abende würden wir mit gesunden Möhrchen und Kohlrabi verbringen, und ich sah schon die Blicke unserer neidischen Mitschülerinnen, die genau wie wir mit Problemen an überschüssigen Pfunden kämpften, wenn wir plötzlich, sichtbar schlanker geworden, die Klasse betreten würden. Ja, ich hörte schon ihr Flüstern hinter unserem Rücken! Es musste doch zu schaffen sein!

Aber bereits am nächsten Tag stand die Versuchung in Person meiner Freundin Inge vor unserer Tür. Obwohl ich sie genau von meinen guten Vorsätzen unterrichtet hatte, hielt sie eine große Papiertüte im Arm, der ein sagenhafter Duft entströmte. Ein wenig schnaufend schaute sie um sich: »Bist du allein?« »Bin ich morgens fast immer«, erwiderte ich, und meine Neugier hinsichtlich betörend riechender Papiertüte wuchs. Inge kam herein, und stellte sie liebevoll auf dem Küchentisch ab. »Nee, zeig mir erst gar nichts, lass sie zu«, sagte ich und versuchte möglichst gleichgültig zu wirken. Eigentlich war es gemein von ihr, mir so was unter die Nase zu halten. »Ich wusste nicht, wohin damit«, sagte sie und schaute mich hoffnungsvoll an. »Man kann doch so was nicht wegschmeißen! Mrs. Chadwick hat sie mir in die Hand gedrückt. Ich dachte, vielleicht nur noch heute?«

Nach diesem Vormittag – ich hatte lediglich viel Mineralwasser in mich hineingeschüttet (das sättigt) und eine Scheibe trockenen Toast genossen – war das natürlich zu viel für mich. Der Kampf mit meinem inneren Schweinehund begann. Er lechzte und schmatzte bereits so laut, und ich musste schwer schlucken, als Inge ein herrlich duftendes Kuchenteilchen mit rosa Zuckerguss in ihren Händen hielt. Ausgerechnet in Rosa, – ich liebte Rosa! Klebrig, dick mit Mandelblättchen garniert, oh, es sah traumhaft aus! Ich sparte mir sämtliche Worte. Und wir hatten nicht eher Ruhe, bis auch der letzte Krümel verzehrt war. Anschließend setzten wir uns aufs Sofa und starrten den dunkelblauen Teppichboden an.

»Komm«, – Inge schien auch ein schlechtes Gewissen zu haben »lass uns einfach erst morgen mit der Diät anfangen. Wir machen gleich ein bisschen Gymnastik, und dann ist der blöde Kuchen abgeturnt.« Zwei pralle Ferkel plumpsten daraufhin auf den Boden und brachten schnaufend ein paar klägliche Bauchübungen zustande. Danach ließen wir uns resigniert aufs Sofa fallen. Die Waage! Her mit ihr! Ich wollte es jetzt wissen. 77 Kilo! Oh nein! »Nun du!« Inge war erschüttert. 73 kg! Sie war einen ganzen Kopf kleiner als ich. Wir schauten uns betroffen an. »So geht das echt nicht weiter«, sagte ich »Wir werden ab heute nicht mehr den kleinsten Kuchenkrümel verdrücken! Ich lass jetzt jede Tüte stehen.« Inge war sichtlich bewegt und starrte die Waage an. »Es wäre doch gelacht, wenn wir das nicht schaffen!« Beim Abendessen verzichtete ich auf einen Nachschlag, was prompt Howard und Claire veranlasste, mich verwundert anzuschauen. Aber sie sagten nichts, und das war mir sehr recht. Ich hatte einfach schlechte Laune.

Natürlich fielen Claire meine Rundungen auf. Sie, die stets auf ihr Gewicht achtete und nahezu allem Süßen widerstand, bemerkte eines Tages: »Brun, dear, sag mal, hast du zugenommen?« War das echtes Mitgefühl? Natürlich war ich fett. Das sah ja wohl ein Blinder. Ihre vermutlich gespielte Anteilnahme tat mir trotzdem gut. »Ich weiß, was wir machen«, meinte sie. »Es gibt da so ein Pulver, in dem alle Vitamine stecken, die der Körper braucht, und in Milch eingerührt schmeckt es köstlich. Ich werde es für dich im drug store besorgen. Man soll ganz schnell an Gewicht verlieren. Was meinst du dazu?« Herrlich, eine Oper für meine Ohren. Fantastisch. Natürlich war ich einverstanden. Am liebsten hätte ich Claire sofort in den drug store geschickt, aber ich wollte mich in Geduld üben. Sollte dieses wundersame Pülverchen, eingerührt in frische Milch, mir tatsächlich bald wieder zu meinen 57 Kilo verhelfen? Meine tiefste Hochachtung galt dem Menschen, der mit seiner

Slim-Fast-Entwicklung unglücklichen dicken Mädchen wieder zu Glück und Selbstbewusstsein verhalf.

Plötzlich fiel mir auch noch meine Schwester Luise ein, die zu Hause durch Nähen von Hüfthaltern das kleine Einkommen ihres Mannes aufbesserte. Sie nähte fleißig bis in die Nacht hinein hübsche kleine und auch hübsche große Miederhosen, mit Bein oder auch ohne, in der Mitte und an den Seiten doppelt verstärkt. Ich sah die Dinger vor meinen Augen, wie oft hatte ich gelacht, wenn sie mir so ein Monster unter die Nase hielt. »Die sind ja schrecklich!«, sagte ich dann lachend. »Die armen Geschöpfe, die so was tragen müssen.«

Nie im Leben hätte ich gedacht, dass ich sie mal um eine bitten würde. Aber jetzt musste die Hose her. Der Übergang zu meinem Normalgewicht würde mir dadurch leichter fallen. Ich konnte zur Abwechslung dann doch mal in eines meiner Kleider schlüpfen, die seit langem traurig im Schrank hingen. Es war ätzend, ständig diesen mausgrauen Pullover anhaben zu müssen.

Ich bekam zwar schon Atemnot, wenn ich nur an diesen Panzer dachte, aber so ein Ding musste mir meine liebe Schwester schicken! Sie würde natürlich sogleich meine Bitte erfüllen, das wusste ich. Also schrieb ich ihr in Windeseile einen Brief.

Selbstverständlich stürzte mein Luischen sofort an die Nähmaschine und ratterte ein besonders hübsches Triumph-Exemplar herunter. Zarte rosa Blümchen auf weißem Untergrund. Den Stoff legte sie vorsichtshalber doppelt, »mit Bein«, so dass keine Speckdelle an den Oberschenkeln eine Chance hatte, gesichtet zu werden. Das war perfektes Kaschieren! Und dann eilte sie zur Post, um dieses wuchtige Teil ihrer unglücklichen Schwester zukommen zu lassen.

Zu dem Zeitpunkt erfüllte sich Claire einen lang gehegten Wunsch. Sie flog mit einigen Freundinnen nach Holland zur Tulpenschau. Eifersucht war ihr fremd. Howard war ihr treu ergeben. Sie konnte beruhigt ihre Koffer packen, denn sie wusste, während ihrer fünftägigen Abwesenheit würde die kleine Dicke ihren Mann und die Kinder gewissenhaft versorgen.

Mit viel baggage und neuem make up verließ Claire das Haus, warf sich Howard kurz an den Hals und verschwand dann im Auto einer Freundin, heftig winkend, mit strahlendem Lächeln. Wir standen alle draußen und winkten heftig zurück. Keines der Kinder weinte und Howard sah auch nicht gerade unglücklich aus, fand ich.

Ich war stolz auf ihr Vertrauen, das sie in mich setzte und wollte sie nicht enttäuschen. Keiner sollte in diesem Hause hungern, keiner irgendetwas vermissen in Claires Abwesenheit. Ich nahm meine Aufgabe sehr ernst, denn verantwortungsbewusst war ich schon immer. Meine liebe Mama hatte mir auf meine Bitte hin einige einfache, aber sehr gute Kochrezepte geschickt, die ich nun alle ausprobieren wollte. Mit Feuereifer begann ich, in der Küche zu brutscheln, zu schnippeln und zu braten.

Sara und Debbie zupften mit Hingabe Petersilie klein oder pellten die Kartoffeln. Wer sagt's denn? Auch kleine Kinder lieben Aufgaben, und meine beiden waren eifrige Assistentinnen. Am Abend durchströmte ein herrlicher Duft unser Haus, und wir konnten es kaum erwarten, bis die Tür aufging und Howard hereinkam. Die Kinder waren aufgeregt und zerrten ihn sogleich in die Küche. »Daddy, wir haben deutsch gekocht. Du musst dich gleich hinsetzen. Du hast bestimmt ganz großen Hunger!« Und ob! Sie hatten liebevoll den Tisch gedeckt und schauten ihn erwartungsvoll an. Und Howard **war** erwartungsvoll! Er konnte sich nicht schnell genug die Hände waschen. Neugierig schaute er uns zu, was wir alles aus den Töpfen holten. Er war ja wahrhaftig nicht verwöhnt, was das Essen anbetraf, und eine gute Hausmannskost kam hier selten auf den Tisch. Er sollte jetzt, in Abwesenheit von Claire, mal keine grasgrünen Erbsen schlucken müssen. Dafür hatte ich gesorgt.

Wie gesagt, Howard war nicht sehr anspruchsvoll, aber die Freude auf die kommende Schlemmer-Woche stand in seinem Gesicht geschrieben. Sein Blick ruhte selig auf all den Schüsseln mit gut riechendem Inhalt, und er konnte es kaum abwarten, was da so alles auf seinen Teller gehäuft wurde. Ich wartete ungeduldig auf seinen ersten Gabelstich. Schon rollten seine braunen Augen genießerisch. »Brun, it is wonderful. You are the greatest cook in the world.« Meine nicht gerade mageren Wangen zierte sofort eine zarte Röte. Es waren just die Sätze, die ich hören wollte, und sie bewirkten, dass ich abends statt meiner »Animal farm« mit einem neuen Kochrezept ins Bett ging. Eine Hausfrau musste schließlich den nächsten Tag schon im Voraus planen.

Ich hatte als Nachtisch eine Quarktorte versprochen, und alle drei konnten es kaum aushalten, bis sie aus der Backröhre kam. Aber als ich die Tür öffnete, fiel sie gemeinerweise in sich zusammen. Ich starrte auf die Masse auf dem Backblech. Mein erstes Missgeschick! Wie konnte das passieren? Es lag am englischen Quark. Er war nicht mit dem deutschen Produkt zu vergleichen. Dass aber die Sache so in die Hose ging, schlug mir auf den Magen. Am liebsten hätte ich alles in den Abfall geschmissen. Aber Howards Proteste hinderten mich daran. Er wollte unbedingt davon essen, und als er die zweite Portion auf seinen Teller lud, wagten sich auch Sara und Debbie vorsichtig ans Probieren. Es schmeckte ihnen fantastisch. Ich musste mich natürlich auch davon überzeugen, dass man aus einer missratenen Torte manchmal einen leckeren Quarkauflauf kreieren kann.

Mein Slimfast-Pülverchen, welches Claire mir noch vor ihrer Abreise besorgt hatte, verstaute ich vorsorglich erst einmal im Schrank. Als Köchin war ich verpflichtet, abzuschmecken, und so nahm ich mir vor, bis zu Claires Rückkehr nur teilweise meine Diät einzuhalten. Allerdings war ich ziemlich standhaft. So gab es für mich Pell- statt Bratkartoffeln, und ich erlaubte mir nur ein kleines Kleckschen Sauce. Das allein war schon eine Leistung, und auch vom Nachtisch nahm ich tapfer höchstens ein kleines Löffelchen voll. Howard war von meinem starken Willen tief beeindruckt und aß dafür freudig die doppelte Menge.

Eines Nachmittags saßen wir vier gutgelaunt in der Küche, tranken genussvoll unseren Tee und ich knabberte gerade an einem kalorienarmen Cracker, als es schellte. Der Postbote hatte ein Päckchen für mich. »Von meiner Schwester«, rief ich freudig. »Ich geh mal eben geschwind nach oben!« Aber Howard sprang auf und hielt mich zurück. »Mach es doch hier auf. Wir sind alle neugierig, was du bekommen hast.« »Brun, mach es auf«, bettelte nun auch Sara, und sie lief zur Schublade, um mir die Schere zu bringen.

Mir blieb nichts anderes übrig, als mich wieder zu setzen und die Schnüre zu lösen. Mein Herz pochte. »Bitte, lieber Gott, lass die Hose ganz unten liegen«, betete ich inbrünstig. Ich brachte zwei Tafeln Schokolade zutage, zwei paar Strumpfhosen, und dann sah ich sie, zartrosa geblümt, wie gewünscht, doppelt verstärkt, mit halbem Bein. Auf keinen Fall konnte ich dieses Ding auf den Tisch legen. Ich packte hastig meine Schokolade wieder drauf, nahm das zerknüllte Papier und versuchte, kein rotes Gesicht zu kriegen. Aber ich hatte nicht mit Saras Fingerfertigkeit gerechnet. »What's that, Brun«, rief sie und grapschte flink mit ihren kleinen Händchen in das Papiergewühle. Nun wurde auch Howard neugierig. Männer haben einen Röntgenblick. Wenn sie etwas entdecken, was sie interessiert, lassen sie nicht locker. »Let's have a look, Brun.« Und ich musste ihn »looken« lassen. Sara holte das Monster mit großer Sorgfalt aus der Schachtel, um es entgeistert ihrem Vater und ihrer Schwester zu präsentieren. Ich sah in ihre Gesichter. Sie waren konsterniert. Howard wirkte leicht geschockt. Sie konnten sich nicht erklären, was da vor ihnen auf dem Tisch lag. Wahrscheinlich hatten sie noch nie in ihrem Leben solch ein Utensil von Unterwäsche gesehen, da ja in diesem Hause alle außer mir rank und schlank waren.

»Oh god, Brun!« Howard brach im gleichen Moment in schallendes Gelächter aus. »That's for you?« Ungläubig nahm er es aus Saras Hand und beschaute sich das Teil genauer. Nun war es aber genug. Ich raffte meine Miederhose, schnappte nach meinem Paket und verließ mit säuerlicher Miene meine drei, die mir ziemlich betroffen nachschauten. In meinem Zimmer angekommen, schmiss ich das Monster auf mein Bett. Peinlich genug, dass ausgerechnet Howard dieses Teil zu Gesicht bekommen hatte.

Es klopfte und Sara kam herein. Sie wollte unbedingt wissen, was ich denn nun mit diesem Ding vorhatte. »Zieh das an«, sagte sie und hielt sich an meinem Pullover fest. »Ich will sehen, wie du darin aussiehst. Tragen das alle in

Germelin?« Dieses dreijährige Kind hatte ja keine Ahnung, was man alles tat, um ein bisschen schlanker zu wirken. Meine Psyche war sowieso leicht angeknackst. Ich hätte das Werk meiner Schwester am liebsten aus dem Fenster geschmissen. Aber wie es der Zufall dann vielleicht wollte, würde gerade Mrs. Chadwick die Straße entlang gehen und sich wundern, was bei Sullivans so alles aus dem Fenster flog. Vor Sara allerdings wollte ich das Ding auch nicht anziehen. Jedoch mein kleiner Klammeraffe ließ nicht locker, so ein stures Geschöpf. »Ich will das sehen«, sagte sie und wartete. Ich wusste, sie würde nicht eher aus meinem Zimmer verschwinden, also verschloss ich sorgsam die Tür, um auf keinen Fall ungebetene Gäste zu bekommen. Sara betastete den glatten Stoff. »Kriegst du noch Luft?«, fragte sie besorgt. Ich litt jetzt schon an Atemstörungen. Nein, das hielt ich nicht aus. Ich setzte mich auf die Bettkante und kämpfte mich aus der Hose heraus. Nun wollte Sara unbedingt hineinklettern. Ungehalten riss ich ihr das Ding aus der Hand, bevor sie damit zu ihrem Daddy hopsen würde. Es ertönte Protestgeschrei. Ganz schnell stopfte ich meine Miederhose in den Kleiderschrank und atmete erst einmal tief durch. Sara heulte und ich wusste, sie würde so schnell nicht aufgeben. Ah ja, die Schokolade! Rettung! Sofort waren ihre Augen trocken und sie wackelte zufrieden aus dem Zimmer. Eine englische Schokolade hätte überhaupt nichts bewirkt, aber diese war ja aus »Germelin«. In ihrem kleinen Gehirn war alles, was mir auf dem Postweg geschickt wurde, etwas ganz Besonderes. Die zweite Tafel erhielt Debbie. Ich musste vorläufig von Süßigkeiten Abstand halten. Ein kurzer Blick auf das Miedermonster würde mich sofort ernüchtern.

Über Claires Rückkehr war ich dann doch erfreut. Ich

merkte, es war anstrengend, den ganzen Tag im Haus zu arbeiten. Inge maulte schon ordentlich. Am Abend hatte ich keine Lust mehr, noch irgendetwas mit ihr zu unternehmen. Ich war ziemlich ausgelaugt und müde. Schließlich war ich schon frühmorgens auf den Beinen und hatte das Recht, nach einem stressigen Tag ein bisschen Ruhe zu genießen. Aber ich wollte in diesem Haus alles in Ordnung haben und war schon gespannt auf Claires neugierige Blicke.

»Wie ist es denn so gelaufen, Brun? Ihr seht alle gut aus, also habt ihr mich nicht vermisst?« Sie lächelte Howard hoffnungsvoll an und ließ sich, zufrieden um sich schauend, in einen Sessel sinken. Den ganzen Abend schwärmte sie von ihrer Reise, und als Blumenfreundin geriet sie förmlich ins Entzücken, als sie Howard hübsche Postkarten mit farbenfrohen Tulpenfeldern präsentierte. Dann bestaunte sie zu meiner Freude ihr sauberes Häuschen, propere Fußböden, leere Bügelkörbe. Das war wie Weihnachten für meine liebe Claire. Und ihre Kinderlein nebst Ehegatten sahen wohlgenährt aus. Ein heimlicher Seitenblick traf mich. »Du siehst gut aus«, sagte sie gönnerhaft und schlug ihre schlanken Beine übereinander. »Ich würde fast sagen, ein wenig schmaler.«

Oh, welch Balsam für meine wunde Seele! Ich hatte ja nun wirklich in diesen Tagen heldenhaft auf Dickmacher verzichtet. Ging nicht der Reißverschluss meiner Hose schon etwas leichter zu? Morgen wollte ich wieder Claire das Kochen überlassen, bei mir war für die nächsten Tage Slimfast angesagt.

Claire packte Geschenke aus. Sie drückte mir ein ziemlich großes Stück holländischen Gouda in die Hand. Gesundheit lässt grüßen. Warum tat sie das? Sie wusste doch von meiner Diät. Aber ein Stück Käse war keine Schokolade. Nein, eiweißreich und sehr nahrhaft. Allerdings betrug der Fettgehalt beachtliche 60 %. »Ich hätte dir lieber Tulpen mitgebracht«, meinte sie, »aber die wären im Flugzeug verwelkt.« Na ja, immerhin war Käse besser als eine Schachtel Pralinen. Und da mir dieses Mitbringsel allein zugedacht war, wollte ich es auch nicht der Allgemeinheit zur Verfügung stellen und schleppte es vorsorglich in meinen Bau.

Am Abend gingen Claire und Howard aus. »Es kann spät werden«, sagte Claire. Mach es dir gemütlich und lade vielleicht Inge ein.« Ich fand die Idee gut. Wir könnten mal wieder so richtig was für die Schule tun und in George Orwells »Animal Farm« lesen, die nur eine unserer Prüfungslektüre war. Außerdem mussten wir uns noch mit dem Text des zweiten Buches von Neville Shute vertraut machen, welches ebenfalls für unser Examen vorgesehen war. Also ran ans Lernen. Schließlich hatte ich tagelang nichts für die Schule getan.

Inge freute sich auf einen netten Abend bei mir. Schnurstracks ging sie durch ins Wohnzimmer. Sara und Debbie lagen bereits in ihren Betten, so dass der Abend für uns auch mal entspannt angegangen werden konnte. »Na, was hast du denn Schönes für mich da?« Neugierig öffnete sie den Barschrank, wo Howards und Claires diverse alkoholische Getränke, Fläschchen an Fläschchen, einzusehen waren. Sie begutachtete alles, was da in Reih und Glied stand. »Schöner Anblick!« Erwartungsvoll sah sie mich an. »Sagtest du nicht kürzlich, dass du an die Bar darfst? Was wollen wir denn zuerst trinken?« Interessiert studierte sie das Etikett an einer Rotweinflasche. Ich zögerte. »Du weißt, ich mag gar keinen Alkohol!« Das zog aber gar nicht bei meiner Schwäbin. »Ich schon, und heute wird geschluckt.

Warum meinst du, bin ich rübergekommen? Ich habe schließlich Durst!« Punktum!

Mir war ganz mulmig. Der Abend konnte für Claire und Howard teuer werden. »Das ist ein wirklich guter, den trinken wir gleich, aber zuerst gönnen wir uns ein Likörchen«. Sie kippte mit einem einzigen Zug das süße Zeug hinunter. »Worauf wartest du? Du sollst nicht beten, du sollst schlucken! Sei kein Frosch.« Ich schluckte, denn auf keinen Fall wollte ich ein Frosch sein.

Ich dachte beschämt an Howard und Claire. Wenn die mich jetzt sehen würden. Sie bekämen große Augen. Wo ich doch stets dankend ablehnte, wenn sie mir bei gelegentlichen Dinner-Abenden etwas Alkoholisches anboten. »Ich trink das alles nicht«, wehrte ich dann stets ab. »Es schmeckt mir einfach nicht.« Der Vorratsschrank wäre weitaus interessanter gewesen. All die netten baked beans-Döschen, für die ich sämtliche Pullen stehen lassen würde.

Inge holte ihre Tasche. »Na, was meinst du, was ich da drin hab?« Ich stöhnte. »Hoffentlich keinen Kuchen. Diesmal esse ich nicht das kleinste Stück.« »Was du nur denkst. Etwas viel Besseres!« Sie zog eine Schachtel Zigaretten heraus. Lässig zündete sich die Dame von Welt einen Glimmstengel an und schob ihn in ihren schönen Mund. Sie reichte mir auch einen. »Jetzt du.«

»Nee, lass mal, ich hab noch nie geraucht«, sagte ich beklommen und verspürte absolut kein Bedürfnis, dies zu ändern. »Sag mal, wie alt bist du eigentlich? Willst du mit 50 anfangen?« Meine Schwäbin schaute mich verständnislos an. Was also blieb mir übrig? Ich verbrannte mir beim Anzünden fast meine Finger.

Die Zigarette klebte an meinen Lippen. »Nicht so. Was machst du denn?« Inge wurde ganz ungehalten. »Atme tief ein und dann raus damit.« Also, ich zog an dem Ding, was das Zeug hergab und hielt die Luft an. Meine Lungen dankten mir sofort mit einem schrecklichen Hustenanfall. Tränen rannen mir die Wangen hinunter. Inge zeigte sich von ihrer geduldigen Seite. Sie machte es mir nochmals vor. »Nicht bis runter zum Bauch einatmen. Mensch, üb das jetzt mal. Aber schön langsam.« Ich übte und fühlte mich beschissen. »Was ist da eigentlich so Tolles dran«, wagte ich zu bemerken. »Wart's nur ab. Du kommst schon noch auf den Geschmack, da bin ich mir sicher!« Also dann – schließlich würde ich bald 22 sein – war es wirklich an der Zeit! Heute Abend wollte ich als Raucherin ausgebildet werden, und wenn ich den Stengel schlucken müsste.

Inge wurde immer fröhlicher. »Also, was ist?« meinte sie. »Noch einen kleinen Süßen zum Abgewöhnen?« Orangensaft wäre mir tausendmal lieber gewesen, doch das hätte sie niemals zugelassen. »Schmeckt doch gut, oder?« Ich wollte meine beste Freundin nicht enttäuschen, und ich wollte auch nicht unmodern sein. Danach holte ich erst einmal tief Luft. Na, das klappte ja.

Die Schwäbin schielte auf den Rotwein. Fachmännisch entkorkte sie die Flasche. »Pass auf, der geht runter wie Öl!« Der edle Tropfen funkelte im Glas, diese Farbe war fantastisch. Vorsichtig probierte ich. Zu Inges Überraschung trank ich gleich das ganze Glas leer. »Endlich magst du mal was«, sagte sie und goss sofort wieder nach. Wir wurden ungemein redselig und führten großartige Gespräche, füllten unsere Gläser und fanden das Leben herrlich. Nach einiger Zeit merkte ich, dass mir das Sprechen schwer fiel. Ich hatte außerdem das ungute Gefühl, dass irgendwie etwas mit meinem Magen nicht in Ordnung war. Und plötzlich war mir hundeelend. »Ja, sag mal! Das kann doch nicht wahr sein. Die Flasche ist ja fast leer.« Inge war überrascht. »Wir haben sie tatsächlich ausgesoffen.« Dann starrte sie mir ins Gesicht. »Hoffentlich kotzt du nicht hier auf den schönen Teppich. Du siehst ja grauselig aus.« Sie wurde nervös. »Ist dir etwa schlecht?« »Sauschlecht«, erwiderte ich, und versuchte krampfhaft, die Luft anzuhalten.

Langsam drehte sich alles vor meinen Augen. »Ich muss schnell aufs Klo.« Ganz so flott klappte das Aufstehen nicht. Ich hangelte mich am Sofa hoch und griff mit wackeligen Beinen nach dem nächsten Möbelstück. »Warte, ich helf dir. Soll ich mitkommen?« Inge war jetzt richtig besorgt. Ich machte ihr ein Zeichen, dass sie sitzen bleiben sollte. Schön den Mund zulassen, der Teppich wird es mir danken. Wo war denn nur die verdammte Toilette? Hinter welcher Tür war mein heiß ersehnter Klopott versteckt? Endlich, das Bad war erreicht. Es war allerhöchste Eisenbahn. Ich begann zu würgen. Bloß die Kloschüssel nicht loslassen. Und dann spuckte ich alles aus, was ich vorher in mich hingeschüttet hatte. Gott, mir war grottenschlecht. Ich atmete flach. Endlich ließ der Brechreiz nach. Es kam nichts mehr. Erschöpft zog ich mich am Waschbecken hoch und starrte in den Spiegel. Ein fremdes, kalkweißes Gesicht blickte mich erschrocken an. Das war doch nicht etwa ich. Wasser, ich brauchte schnellstens Wasser. Ich hielt meinen Kopf ins Waschbecken und ließ den kalten Strahl am Gesicht hinunterlaufen. Gott sei Dank. Das half. Als ich einigermaßen klare Gedanken fassen konnte, ging ich staksig mit vorsichtigen Schritten zurück ins Wohnzimmer.

Inge wartete bereits auf mich. Sie hatte ein Glas Wasser in der Hand und zeigte auf den Boden. »Die Flaschen hab ich alle weggeräumt.« Sie schaute mich forschend an. »Geht's dir besser? Eigentlich siehst du furchtbar aus. Hier, trink mal.«

Ich konnte nichts Flüssiges mehr sehen. »Na, dann eben nicht.« Mit bewundernswerter Standsicherheit zog sie ihren Mantel an. »Heute schläfst du wie ein Bär. Das sollten wir öfter machen. War ein richtig toller Abend!« Dann wünschte sie mir ein gutes Nächtle und verließ kerzengerade unser Haus.

Nicht einmal haben wir ins Buch geguckt, ging es mir durch meinen schmerzenden Kopf, aber dafür gesoffen. Mein schlechtes Gewissen piekste mich ordentlich. Ich schleppte mich mit Orwell und Shute nach oben und wankte noch kurz in die Kinderzimmer. Meine beiden braven Mädchen schliefen tief und fest, und Sambo lag schnarchend auf Debbies Bettende. Nur keinen wach machen. Sara hätte gewiss Angst bekommen, so wie ich aussah. Vorsichtig schloss ich die Tür und ging. Mein Verlangen nach Bett und Dunkelheit war riesig.

Am nächsten Morgen erwachte ich und hatte meinen ersten Kater. Mein Kopf brummte und mir war immer noch übel. Hoffentlich wünschte sich Howard keinen Fisch zum Frühstück. Das würde mir den Rest geben. Wenn ich nur an Essen dachte, drehte sich mir der Magen um. Schlecht gelaunt ging ich in die Küche, um das Frühstück zu machen. Mir fiel die leere Weinflasche ein, die im Papierkorb lag. Hastig holte ich sie heraus, bevor Claire irgendwelche Fragen stellen würde. Ich wollte auf dem Weg zur Schule von meinem spärlichen Taschengeld eine neue Flasche Rotwein kaufen, auf keinen Fall sollte hier jemand von unserem Saufgelage erfahren.

»Du bist ja heute gar nicht hungrig. Wirst du etwa krank?« Claire schaute mich besorgt an. »Mir ist irgendwie nicht gut«, erwiderte ich und Howard bestand darauf, dass ich wieder ins Bett ging. »Na ja, das haben die Frauen schon mal.« Er zwinkerte mir zu und Claire nickte. »Brun, ich

mache das breakfast allein. Du siehst wirklich elend aus!«
Wie nett von ihr, dass sie merkte, wie mies ich mich fühlte.
Ich machte, dass ich aus der Küche kam.

Für Sambo, unseren altersschwachen Dackel, rückte der
Hundehimmel immer näher. Der Arme hatte ein Leberlei-
den und die Gicht machte ihm auch zu schaffen. Wie schon
gesagt, meine Sympathie für Sambo hielt sich in engen
Grenzen. Hatte ich mal in einem Moment der Zuneigung
sein struppiges Fell gestreichelt, schaute er mich mit seinen kleinen finnigen Augen liebevoll an und schnappte im
gleichen Moment nach der guten Hand. Dann aber machte
er sich auf seinen kurzen Dackelbeinen schnellstens davon und beobachtete mich listig im Schutze von Claire,
die immer eine Entschuldigung für ihn parat hatte. »Der
Arme weiß nicht mehr, was er tut. Vielleicht hat er gerade
eine Schmerzattacke.« Anstelle eines ordentlichen Klapses
bekam Sambo-doggi einen herzhaften Kuss auf seine graue
Hundeschnauze.

Eines Abends saß ich wieder mal allein im dining-room.
Ich hatte es mir gemütlich gemacht und schaltete den Fern-
seher ein. Irgendwie fühlte ich mich beobachtet. Langsam
drehte ich meinen Kopf zur Seite und sah direkt in Sambos Augen. Wie es der klapprige Kerl geschafft hatte, un-
bemerkt auf das Sofa zu klettern, war mir ein Rätsel. Er
beäugte mich mit einem, man könnte fast sagen, lüsternen
Blick, falls das auch auf Hunde zutrifft. Wie konnte ein
kleines Tier wie dieses so geil gucken? Anders kann ich
diesen Ausdruck in seinen Dackelaugen nicht definieren.
Ein sanfter Schubs (ich erinnerte mich noch rechtzeitig an
sein Rheuma) und Sambo fand sich auf dem Boden wieder.
Total beleidigt wackelte er aus dem Zimmer.

Einige Tage später hatte ich doch ein schlechtes Gewissen,

denn Sambo war nun wirklich krank. Er fraß nicht mehr und lag teilnahmslos in seinem Körbchen. Claire eilte mit ihm zum Tierarzt. Der schüttelte nur mitleidig den Kopf. »Sie sollten ihn einschläfern lassen. Es wäre besser für ihn, denn die Schmerzen werden immer heftiger!«

Claire entschloss sich schweren Herzens, Sambo in die Ewigkeit zu schicken. Natürlich kam er nicht zur Abdeckerei, nein. Das hätte keiner fertig gebracht. Er fand seine letzte Ruhestätte am Ende des Gartens unter dem kleinen Mimosenstrauch.

Die komplette Familie verfiel in tiefe Trauer. Vor allem Debbie weinte herzzerreißend und sie ließ sich nur trösten, indem man ihr sogleich einen neuen Hund versprach. Wir mussten uns dann auch ganz schnell auf den Weg machen, um Debbies Weinkrämpfe endlich zu stoppen und fuhren ins nächste Tierheim. Ich war gespannt, auf welche Sorte Hund Debbie wohl abfahren würde. Die vielen Kläffer, die uns aus den Zwingern anschauten, taten uns schrecklich leid. Ob der niedliche Pudel wohl das Rennen machen würde? Debbie beobachtete ihn ganz verzückt, der Hund steckte seine kleine Schnauze durch den Maschendraht und schaute sie hoffnungsvoll an. All die armen Viecher hier waren bedauernswert. Manche winselten und versuchten, durch wahre Kunstsprünge unsere Aufmerksamkeit zu erregen. Einige wiederum lagen teilnahmslos auf dem Boden und beobachteten uns. Debbie fiel die Wahl sehr schwer.

Und dann sah sie ihn, den kleinen schwarzen Mischling. Er lag in der hinteren Ecke und schaute sie mit bernsteinfarbenen, aufmerksamen Augen an, abwartend und neugierig. Debbie beobachtete ihn eine ganze Weile, dann zeigte mit ihrem Finger auf ihn, und sagte laut und bestimmt: »Den da nehmen wir, Daddy.« Schluss, aus. Amen. Claire versuchte vergeblich, sie davon abzubringen, »Look, Debbie, dieser kleine Dackel, der zweite Sambo!« »Ich will keinen zweiten Sambo, Mom. Ich will diesen hier!« Es nutzte nichts, der Dackel hatte keine Chance. Und schon näherte sich der schwarze Mischling Schwanz wedelnd. Dieses zarte Wesen mit den kurzen weißen Haaren mochte ihn augenscheinlich. Seine traurige Zeit im Tierheim schien ein Ende zu haben. Er schaute Debbie an und ließ sie nicht aus den Augen. Ja, er war der Auserkorene! »Ich nenne ihn Kim«, bestimmte Debbie im üblichen Befehlston, und das war's. Kim war kaum noch in seinem Hundezwinger zu halten. Scheinbar war er früher Mitglied in einem Zirkus, denn seine Hochsprünge zeigten absolute Perfektion. Wirklich beeindruckend. Ganz brav ließ er sich an die Leine nehmen und sprang flink in unser Auto, wo er sich sofort in Debbies Arme schmiss und ihr kleines Gesichtchen mit seiner rosa Zunge ableckte.

Innerhalb kurzer Zeit hatte Kim unsere Herzen erobert. Mit seinem schiefen Gang und der schneeweißen Schnauze sah er irgendwie ulkig aus. Er wurde von Tag zu Tag zutraulicher und schon bald darauf war er nicht mehr aus diesem Haus wegzudenken. Meine Tierliebe ging nicht ganz soweit wie die meiner Familie. Kim bekam jeden Abend von Debbie und Sara einen Kuss und auch Claire drückte einen Schmatz auf seine Schnauze. Meine Argumente, dass dies aber doch gefährlich sei, blies sie in den Wind, und tatsächlich bekam in diesem Hause niemand Herpes, außer mir.

Kim war anfangs auch der Liebling unserer Nachbarn. Er war ein freundlicher Hund. Klug und bescheiden blieb er am Zaun sitzen und wedelte heftig mit seinem Schwanz, wenn er Glen zu Gesicht bekam. Ihr Haus grenzte an das unsrige und sie hatte immer ein Leckerlein für ihn parat, was er sehr genoss. Ihre Wurstzipfel, die sie ihm unter seine Schnauze hielt, musste er sich aber stets durch braves Pfötchengeben verdienen. Er schlug dabei seine bernsteingelben Augen devot zu Boden, was Glen veranlasste, ihm sofort ein weiteres Leckerli hinzulegen. Kim hatte Glen im Sturm erobert. Er versprühte seinen Charme sogar bis zum Hause der Chadwicks. Schon bald zeigte er allen, wie elegant er seine Sprünge über die Zäune in die anliegenden Gärten durchführte. Bald fand Glen maulwurfartige Haufen in ihren hübschen Blumenbeeten. Das war zu viel! Sie wurde sehr ungehalten und bat uns mit strengem Gesichtsausdruck, besser auf Kim aufzupassen. Aber so einfach ging das nicht.

An einem milden Sommertag waren Claire und ich gerade dabei, draußen im Garten den Kaffeetisch zu decken, als Kim plötzlich um die Ecke schoss und unter dem Tisch verschwand. Im selben Moment tauchte Glen auf, in der Hand hielt sie ein zerrupftes Etwas. Vage erkannten wir die blauen Federn ihres Sittichs – ein wahrhaft trauriges Bild. Glen war in Tränen aufgelöst. Wir waren geschockt. Der arme Piepmatz, die arme Glen. Aber warum kam sie mit dem toten Vogel zu uns? Mir schwante Böses. Und schon hagelten die Vorwürfe auf Claire herab, die sich erst einmal hinsetzte. »Was, um Gottes Willen, ist denn nur los? Glen, du musst mir erklären,…«. Aber Glen hatte nicht vor, ruhig zu bleiben. Schluchzend erzählte sie uns, was passiert war.

Kim war also wieder einmal in ihrem Garten, angelockt vom fröhlichen Zwitschern des kleinen Nick. Dessen Käfig stand auf einem großen Hocker. So hatte Glen ihn vom Küchenfenster aus immer im Blick. Unseren Hund aber musste sie übersehen haben, und als sie plötzlich den Piepmatz schreien hörte – und Wellensittiche können ein Gezeter veranstalten, das keinesfalls zu überhören ist –, war sie sofort zur Stelle. Sie sah nur noch, wie Kim in Windeseile an der Hecke entlang sauste und mit einem Hechtsprung in unseren Garten flüchtete. Die entsetzte Glen fand den umgestürzten Käfig mit dem toten Nick. Überall waren blaue Federchen verstreut. Vermutlich hatte Kim versucht, den kleinen Piepmatz aus seinem Häuschen zu holen, was ihm aber nicht gelang. Vor lauter Schreck hatte letztendlich Nicks ängstliches Vogelherzchen aufgehört zu schlagen. Glen war wütend und erschüttert. Claire und ich waren entsetzt und fanden keine Worte, die sie hätten trösten können.

Kim hatte sich hinter dem großen Blumenkübel versteckt. Er wusste genau, dass er etwas Schlimmes getan hatte. Sein Kopf ruhte auf den Vorderpfoten, ein paar zarte blaue Federchen klebten hartnäckig an seiner Schnauze und seine Hundemiene drückte allergrößte Besorgnis aus. Heftig mit seinen Augen zwinkernd erwartete er wohl wissend ein großes Donnerwetter. »You naughty, naughty doggy!«. Mehr brachte Claire allerdings auch nicht heraus. Und dann bekam er einen ziemlich leichten Klaps. Glen sollte sehen, dass er bestraft wurde. Die Vogelmutter jedoch konnte sich nicht beruhigen. »Euer Hund ist das Allerletzte«, rief sie weinend. »Ich weiß nicht, was ich tu, wenn er mir wieder über den Weg läuft.« Dann verließ sie heftig schniefend mit dem Vogelleichnam unseren Garten. Claire und ich hofften inbrünstig, dass dies nicht das Ende unserer bereits angeschlagenen Nachbarschaftsfreundschaft bedeutete. Ein Vogelersatz musste schnellstens her. Das hatte ja damals bei Sambos Ableben auch so gut geholfen. Claire rief sogleich Howard an, erklärte ihm die Umstände und bat ihn, einen Wellensittich in Birmingham zu besorgen, um den Herzschmerz unserer Nachbarin zu lindern. Was Howard dann auch prompt erledigte.

Trotzdem reduzierten sich in der nächsten Zeit die netten Pläuschchen am Gartenzaun. Kim hatte nun schlechte Karten in unserem Wendehammer. Sorgenvoll stellten wir fest, dass er noch zu allem Übel eine große Aversion gegen die ansässigen Katzen zeigte. Die zogen sich bei seinem Erscheinen respektvoll zurück. Als dann eine von ihnen sich mit letzter Kraft auf einen Baum rettete und kläglich miaute, hatte er absolut verspielt. Das Telefon stand nicht still. Wir mussten uns allerhand schlimme Ausdrücke über Kim anhören. Kleine Gemeinheiten wurden anonym weitererzählt und bald war Claire mit ihren zarten Nerven am Ende. So eine üble Behandlung, so miese Nachbarn, das war ja wohl reichlich übertrieben, fand sie. Ich gab ihr völlig recht. Unser Hund verfügte eben über einen ausgeprägten Jagdinstinkt. Wie konnte man ihn davon abhalten? Das wäre gegen seine Natur gewesen. Ach, sollten doch alle sauer auf unser Tierchen sein. Wir liebten Kim.

Inge gab mir den Rat, diesem »hässlichen Köter« einen Maulkorb zu verpassen. »Nachher beißt er noch eines der Kinder hier, und du kannst dir denken, was dann passiert.« Das aber hätte Kim nie getan. Denn Kinder waren seine Freunde. Niemals hätte er seine Zähne gebraucht. Er war von Natur aus ein sanftes und gutes Hundchen, manchmal halt ein wenig temperamentvoll, aber das glaubte uns ja leider niemand mehr.

Ein paar Tage später war es mal wieder soweit. Es schellte Sturm. Meine Freundin stand vor der Tür und ich ahnte Böses bei ihrem Anblick. »Euer Köter hat auf unseren Teppich geschissen.« »Kim ist kein Köter«, entgegnete ich beleidigt. »Mitten in die Diele hat er sein Geschäft gemacht. Das ist ja wohl mehr als dreist. Mrs. Chadwick hat gesagt, das gibt ein Nachspiel. Wir sind stinksauer auf euch alle.«

Als ob ich was dazu konnte. Betreten schaute ich Inge an. »Unsere Putzfrau war schon weg«, fuhr sie erregt fort, »und ich durfte die Sche….« »Warum steht bei euch auch andauernd die Tür auf«, unterbrach ich sie schwach, um unseren ungezogenen Lümmel von Hund zu verteidigen. »Wir können ihn doch nicht ständig an die Leine legen.« Jetzt wurde die Rachegöttin noch aggressiver. »Das nächste Mal habt ihr seinen Mist im Briefkasten!«

Vor Wut zitternd verließ sie unser Haus und stürmte in Richtung Chadwicksches Anwesen. So kannte ich meine Inge gar nicht. Ich hielt es jedoch für besser, ihr nicht zu folgen, damit sie das Ganze erst einmal in Ruhe verdauen konnte. Peinlich genug war die Angelegenheit. Kim trieb es wirklich auf die Spitze. Er brachte es noch fertig, dass sich unsere ganze Nachbarschaft von uns abwandte. Für Inge war ich bestimmt jetzt erst einmal Luft. Claire hatte sich vorsorglich in ihr Schlafzimmer verzogen. Schwere Kopfschmerzen plagten sie und sie wollte von niemandem gestört werden. Das konnte ich nur zu gut verstehen.

Als Howard nach Hause kam, war er stinksauer, als er von Kims Schweinerei hörte. Er beschloss, ihn zu bestrafen. Kaltblütig sperrte er ihn in die Garage. »Dieser Hund braucht Erziehung. Er soll kapieren, dass auch bei ihm Grenzen gesetzt werden.« Schluss, aus. Keiner durfte zu ihm. Genervt machte Howard sich am Wochenende daran, unseren hübschen Garten mit einem hohen Zaun abzusichern. Kaum hatte man Kim aus seinem Gefängnis befreit, fühlte sich unser Hund verpflichtet, den Hochsprung zu üben. Allerdings ohne Erfolg, denn Howard zeigte sich konsequent und gab ihm ein paar ordentliche Klapse auf sein schiefes Hinterteil. Das tat uns schrecklich weh, aber sie verfehlten tatsächlich nicht die Wirkung. Kim buddelte nur noch bei uns im Garten.

Nebenan buddelte jemand anders. Ich bemerkte einen jungen Mann, welcher voller Eifer eine große Schaufel in die Erde wuchtete. Günstigerweise musste ich gerade Wäsche aufhängen und konnte ihn mir unauffällig etwas näher angucken. Gar nicht so ein typischer Engländer, dachte ich. Eher ein südländischer Typ mit kräftiger Figur. Seiner schwarzen Lockenmähne nach war er entweder Italiener oder Spanier. Vielleicht hatte er gespürt, dass er beobachtet wurde. Er hielt mit seinem Schaufeln inne und sah neugierig zu mir herüber. Er rief etwas, was ich nicht verstand. War das etwa Italienisch? Ich spitzte meine Ohren. Nein, es war nicht die klangvolle südliche Sprache, sondern ein schrecklicher englischer Dialekt. Irgendwie schien ihn etwas zu amüsieren. Er lachte und zeigte auf die Nachthemden, die da im Winde an der Leine flatterten. Ich hatte mir extra für England neue gekauft, reine Baumwolle, durchgeknöpft mit Bubikragen und langem Arm. Als sie das erste Mal an der Leine hingen, hatte mich Claire verwundert gefragt: »Brun, warum hast du denn so viele Morgenmäntel?« Ich war verdutzt. Wieso Morgenmäntel? Nachdem ich sie aufgeklärt hatte, nahm sie mich mit in ihr Schlafzimmer. Sie holte nicht ohne Stolz ihre himmlisch zarten Dessous aus dem Schrank, in denen sie sich Howard allabendlich präsentierte. Lange Nachthemden aus glatter Seide mit eingearbeiteter Spitze, niedliche Baby-Dolls in verschiedenen Farben. Ja, so was trug eine Dame in England!

Ich schämte mich sehr für meine Grandma-haften »Nighties« und hätte sie sofort am liebsten Claire für einen karitativen Zweck zur Verfügung gestellt. Aber ohne Geld keine Reizwäsche! Wohl oder übel musste ich meine Nächte weiterhin in Baumwolle und Bubikragen verbringen oder nackt schlafen. Letzteres war aber wegen Sara ausgeschlossen. Sie liebte es, morgens zu mir unter meine Decke zu kriechen, und wenn dann ihr Lämmchen »ohne Fell« da gelegen hätte – nein, das war unmöglich!

Jedenfalls stützte sich dieser Bursche nun auf seinen Spaten und gaffte mich fröhlich an. Dann ließ er die Schaufel fallen und kam ganz nah an den Zaun heran. Ihn schien zu interessieren, was ich da alles auf die Leine hing. Howard, der an diesem Tag vorhatte, einen neuen Rasen anzulegen, witterte eine Gelegenheit, mich endlich mal einem English Boy vorzustellen. »Brun, das ist Hugh.« Mein Brötchengeber lächelte bedeutsam und ich sah, wie er dem neugierigen Wäschegucker verschmitzt ein Auge zukniff. Hugh? War er nun ein Südländer, der sich nach Old England verirrt hatte oder war er englischer Abstammung? Aber solch eine schwarze Lockenpracht. Vielleicht trug der Kerl hier eine Perücke? Hugh stand jetzt direkt vor mir. »Das ist Brun, unser au pair aus Germany.« Howard strahlte mich aufmunternd an. Hugh beeilte sich, seinen Arm über den Zaun zu schmeißen. »Hallou, Brouun.« Die Haare auf meinen nackten Armen richteten sich auf! In welcher Ecke Englands sprach man denn so? Der Mensch sah mir tief in die Augen. Mein Adrenalinspiegel schoss in die Höhe. Schon lange hatte sich kein Männerblick derart in mein Gesicht gebohrt, und ich wurde zu meinem Ärger rot wie eine Peperoni. Wahrscheinlich begann auch schon mein Hals fleckig zu werden. Hugh starrte mich ungeniert an, und ich fühlte mich immer unbehaglicher. Diese Mistflecken, immer tauchten sie auf, sobald ich verlegen wurde. Howard schien höchst erfreut zu sein. »Sie ist schon ein paar Monate hier und kennt nichts außer diesem Haus und dem Garten. Ist das nicht ein Jammer? Stell dir vor, sie hat noch keinen englischen Pub von innen gesehen.« Howard überschlug sich förmlich. Was sollte das hier geben? Richtig peinlich die Situation. Ich war ziemlich sauer. Plumper ging es ja wohl nicht. Der gute Howard gab immer mehr Geschmacklosigkeiten von sich. »Na, Hugh, wie wär's denn? Nimm sie doch mal mit.« – Ha, ich hörte ja wohl nicht richtig! War ich ein Gegenstand, den man einfach abschleppen konnte? Er machte regelrecht Nägel mit Köpfen! Richtig billig. Hätte ich ihm gar nicht zuge-traut. Hugh lachte lauthals, dieses Gehabe schien ihm zu gefallen. »Ja, warum nicht, Mr. Sullivan?« Mein finsterer Gesichtsausdruck schien ihn zu erheitern. Das war wirk-lich die Höhe. Ich packte einfach meinen Wäschekorb, warf Hugh einen frostigen Blick zu, ignorierte Howard und stol-zierte an den beiden vorbei ins Haus. Howard hielt es für angebracht, an diesem Tag keinen Kommentar mehr über den Lockenkopf abzugeben.

Hughs Interesse aber schien erwacht zu sein. Von da an sah ich seinen Van häufig in unserer Straße, und er ließ keine Gelegenheit aus, mir ein kräftiges »hallou« entge-genzuschleudern, sobald er mich sichtete. Claire berichtete mir, dass er ein gefragter Gartendesigner sei. »Sein Dad hat einen Riesenstall voller Schweine und Kühe in Shirley. Ganz gut situiert der Bursche! Hugh aber liebt keine Jauche-gruben, sondern bevorzugt das Anlegen von neuen Rasen, Gartenteichen und Blumenbeeten. Sein Kundenstamm ist enorm groß! Er macht echtes money, Brun. Das wäre doch der richtige boyfriend für dich.

Du kannst nicht nur herumsitzen, wenn du Freizeit hast. Du bist schließlich auch schon über 20!« Peng! Das saß! Auch schon über 20!! Das Greisenalter war nicht mehr fern. »Also. Ich an deiner Stelle würde gar nicht überlegen.« Sie blies ja in das gleiche Horn wie Howard! Ich winkte ab. »Wenn ich mit einem Jungen ausgehe, dann will ich das selbst entscheiden. Ich lass mich doch nicht verkuppeln!«

Aber Hugh war beharrlich. Eines Morgens stand sein Van wieder vor unserer Tür. Ich hatte einiges zu erledigen und wollte für Claire noch auf den Markt gehen. Hugh riss schwungvoll die Tür auf. »Hi Broun. Schön dich zu sehen.« Klar, alle freuten sich, mich zu sehen. »Wie geht's?« Ich blieb stehen. »Kann ich dich ein Stück mitnehmen?« Das passte mir eigentlich gut in den Kram. 20 Minuten Fußstrecke würde ich glatt einsparen. »Okay«, sagte ich und stieg ein. Sein Händedruck war schmerzlich. »Ich hab eine ganze Stunde Zeit. Was hältst du von einem drink? Ich lad dich zu einem milk-shake ein, oder magst du lieber ice-cream?« Ein großzügiger Mensch! Seit der Orgie mit Inge schwärmte ich für milk-shake. Ich hätte sehr gern öfter diesen leckeren Milchdrink geschluckt, aber der Preis war beachtlich und ich bestellte dann doch lieber ein Tässchen Tee.

Hugh hielt immer noch meine Hand fest, die schon langsam feucht wurde. Endlich löste er die Daumenschrauben, und ich atmete hörbar auf. »Na gut. Einen milk-shake, und dann muss ich meine Sachen erledigen.« Hugh brauste los. Eigentlich war das eine feine Sache, schön bequem im Auto zu sitzen, anstatt per pedes in die City zu kommen.

Er parkte in der Nähe des kleinen Cafés, das Inge und ich schon einige Male nach der Schule besucht hatten. Wir setzten uns draußen hin und ich orderte ohne Gewissensbisse den größten milk-shake, der auf der Karte stand. Mit Bananengeschmack und einem Schokoladentaler auf dem Teller.

Hugh gaffte mich an. »Sag mal, hast du am Wochenende schon was vor?« Aha, er startete einen Annäherungsversuch. »Ich wollte mit meiner Freundin ins Kino«. »Lass das Kino sausen. Ich lad euch beide ein. Wir könnten zusammen essen gehen!«

Hugh hatte nichts dagegen, wenn Inge auch mit kam. Ich war angenehm überrascht und schaute mir meinen Gartendesigner genauer an, und mein Blick fiel auf seine Hände. Sie waren bemerkenswert groß und kräftig. Er konnte gewiss richtig zupacken bei den vielen Arbeiten, die auf dem Hof seines Vaters anfielen. Ich stellte mir vor, wie er, auf einem Melkschemel sitzend, die Euter der Rindviecher mit seinen Pranken bearbeitete, dass die Milch nur so herausschoss! Vielleicht würde er uns dabei einmal zuschauen lassen?

Mich traf ein heißer Blick aus glutvollen Augen. Wie konnte ein englisches Paar solch einen Knaben zeugen? Irgendwie musste da eine andere Rasse mitgemischt haben. Vielleicht war sein Urgroßvater zur See gefahren und hatte sich eine Inselschönheit aufgegabelt und sie kurzerhand ins kalte Britannien abgeschleppt. Stand vor mir das spätere Generationenprodukt? Ich wollte Hugh bei nächster Gelegenheit vorsichtig nach seinen Ahnen fragen. Er schien wahnsinnig gern Hände zu schütteln. Wieder packte er die meinen und hielt sie fest. Ich befürchtete, Außenstehende könnten vermuten, ich hätte einen heftigen Streit mit ihm.

Sein Birmingham-Dialekt war grauenhaft. Manche Wörter musste ich zweimal hinterfragen. Er erzählte von einem netten kleinen Pub, in den er uns führen wollte. Na ja, ich würde Inge fragen. Sicherlich hätten wir zusammen eine Menge Spaß und English Conversation gratis dazu.

Hugh machte ein weiteres fantastisches Angebot. »Was hältst du davon, wenn ich euch abends zur Schule fahre? Ich hab so oft hier zu tun, und es ist die selbe Strecke.« Erwartungsvoll schaute er mich an. So ein Nützling! Es wäre ein großer Fehler, dies abzuschlagen. Inge würde es mir nie verzeihen. Schließlich konnten wir einige Shillinge an Busgeld sparen. Das waren Verheißungen. »Ja, warum nicht«, sagte ich und schaute ihn ganz freundlich an. »Aber jetzt wird es Zeit für mich. Vielen Dank, Hugh! Wir sehen uns!« Hugh strahlte und ehe er wieder seine Daumenschrauben anlegen konnte, machte ich mich davon. Ich musste es schnellstens meiner Schwäbin mitteilen. Inge würde Augen machen. Ein Boy, der bereit war, gleich mit zwei Mädels auszugehen. Schade, dass er nicht meinem Typ entsprach. Dieser schreckliche Dialekt und diese Riesenpfoten! Das waren die reinsten Schaufeln! Aber schöne Typen suchten sich natürlich tolle Mädchen, und so ein Super-Mädchen war ich ja nun auch wieder nicht! Aber der hier hatte viele gute Eigenschaften. Da sollte man schon über einige Kleinigkeiten hinwegsehen. Mal schauen, was Inge von ihm hielt. Ich hatte ihr eine ziemlich genaue Beschreibung von Hugh gegeben, und sie war sehr gespannt auf unseren schwarzlockigen Gärtner.

Inge hatte bereits einen festen Freund, der sich in Kornwestheim sehnsuchtsvoll nach ihr verzehrte und es kaum abwarten konnte, bis ihr au pair-Jahr zu Ende ging. Das hatte sie mir erzählt. Wöchentlich erhielt sie einen Brief von ihm. Ab und zu las sie mir ein paar Zeilen vor und es passierte recht häufig, dass sie plötzlich abbrach und ihre rosige Gesichtsfarbe in ein kräftiges Rot überging. Dann wusste ich, ihr Mockel – das war sein Kosename –, hatte besonders nette Dinge geschrieben, die aber nur für ihre Augen bestimmt waren. »Das kann ich dir jetzt nicht vorlesen«, meinte sie. »Du würdest dich gar nicht wieder einkriegen!«

Da sollte man nicht neidisch werden! Sie war erst 18 und hatte bereits einen Heiratskandidaten. Und zur Verlobungsfeier im nächsten Jahr war ich schon eingeladen. Meine Erfahrungsberichte hingegen waren recht dürftig. Ich hatte ihr von meiner ersten großen Liebe erzählt. Ich war 17 und lernte ihn auf einem Sommerfest unseres Schrebergarten-Vereins kennen. Wir tanzten den ganzen Abend zusammen. Den ersten Kuss gab er mir auf einer Friedhofsbank an einem Sonntagnachmittag. In den darauf folgenden Wochen sahen wir uns fast täglich, aber bis auf ein paar Knutschereien ließ ich ihn nicht ran. Frustriert beschloss der Gute, sein Glück bei einem Mädchen aus meiner Schule zu versuchen, das eine Klasse höher war als ich. Es tat natürlich gehörig weh. Aber meine Schwester verstand es, mich zu trösten und schleppte mich Sonntags zum Tanztee. Dort lernte ich einige nette Jungens kennen, aber es war stets – wie man so sagt – nichts Ernstes.

Zurück zum lieben Hugh! Durch die Arbeit an der frischen Luft war seine Haut rosig wie die eines Ferkels und er strotzte nur so vor Gesundheit! Und in seinem Alter – ich schätzte ihn auf 24 – war er schon sein eigener Boss. Beachtenswert! Niemand erteilte ihm Befehle. Er war ein gestandener Mann. Warum konnte er nur nicht mein Typ sein? »Es muss sofort funken, und wenn es nicht sofort funkt – dann kannst du alles vergessen!« Diese weisen Worte kamen aus dem Mund meiner erfahrenen Freundin Inge. Unsere abendlichen Gespräche drehten sich jetzt fast ausschließlich um das männliche Geschlecht. Ich war immerhin älter und musste doch bei ihren interessanten Erzählungen stets den Mund halten. Neidgefühle machten sich bei mir breit. Eine großartige Praxis hatte ich ja nicht zu bieten! Mit Hugh könnte sich das vielleicht ändern, aber schon allein der Gedanke ließ mich frösteln. Nein, da musste schon ein anderer her. Mehr als brüderliche Gefühle würde ich für meinen Gärtner nicht aufbringen.

Apropos brüderliche Gefühle. Ich hatte auch einen Bruder. Er hieß Otto und flüchtete mit 17 Jahren nach Deutschland, als ich, ein kleines Mädchen von 6 Jahren, noch mit meiner Familie in der damaligen CSSR wohnte. Er studierte an einer Lehrerbildungsanstalt in Bayern, und ich bekam ihn erst wieder nach unserer Aussiedlung zu Gesicht, als er uns für ein paar Tage im Flüchtlingslager in Fürth besuchte. Er war mir total fremd. Das sollte mein Bruder sein? Der war ja viel zu alt! Als Onkel hätte ich ihn akzeptiert, aber als Bruder? Und dann packte er Geschenke aus. Meine Schwester und ich waren maßlos enttäuscht. Jede von uns bekam ein Buch. »Gullivers Reisen« drückte er mir in die Hand. Das Ding war in einfaches Packpapier gebunden, ohne irgendwelche bunte Illustration. Wie konnte er nur! Meine Schwester war deprimiert über »Don Quichott«. Wir schauten ihn beleidigt an und er ahnte wohl, dass er als großer Bruder kläglich versagt hatte. Wir konnten nicht wissen, dass er arm wie eine Kirchenmaus war. Er verdiente sich sein Studium unter schwersten Bedingungen bei einem Bauern. Meine Eltern konnten ihn nicht unterstützen, sie hatten ja selber nichts. Diese traurigen Familienverhältnisse waren meiner Schwester und mir in dem Alter doch ziemlich fremd. Wir kapierten erst viel später, wie schwer die Zeit für unseren Bruder gewesen war, bis er endlich sein Examen in der Tasche hatte und hier im Ruhrgebiet eine Lehrerstelle bekam.

Nun, Hugh als Bruder hätte mir gefallen. Schon seine kräftige Figur signalisierte Sicherheit und Schutz. Aber bei der Vorstellung, ihn zu küssen, sträubten sich meine Nackenhaare. Inge war begeistert. »Toll, eine Einladung für uns beide, und dann auch noch Busgeld sparen, super. Den Typen halten wir uns warm.« Sie war richtig aufgeräumt, und ich war äußerst zufrieden mit mir. Am Samstag wusch ich mit großer Sorgfalt meine Haare und legte grünen Lidschatten auf. Meine schwarze Hose bekam ich zwar noch nicht ganz zu, da musste eine Sicherheitsnadel helfen. Ein breiter Pullover verbarg die noch vorhandenen Pfündchen an meinen Oberschenkeln. Ich fand mich eigentlich ganz akzeptabel. »Du solltest dich jeden Tag schminken, dear, der grüne Lidschatten steht dir.« Claire war ganz begeistert von meinem Make up. »Warum nimmst du denn Inge mit? Ich finde die Idee nicht sehr gut. Aber das musst du ja wissen!« Ich wusste es.

Hugh war schon 10 Minuten früher da. Howard und Claire wünschten mir fröhlich einen wonderful evening. Ich packte meinen Mantel und verschwand. Inge war auch sehr pünktlich. Sie kam zugleich mit mir an. Ich fand sie wieder einmal hinreißend hübsch. Ihre schwarzen Haare trug sie offen und dieser Pfirsichblütenteint hätte jedem Mannequin Ehre gemacht! Obwohl ich nun schon ein paar Wochen hoffnungsvoll jeden Morgen und jeden Abend mein Gesicht in Ponds tauchte, stellte sich keine große Veränderung ein. Einige Mitesser waren zu meinem Ärger immer noch da, aber Inge meinte, ich müsse mich in Geduld üben. Sie beachtete mich kaum, platzte fast vor Neugier und starrte auf den schwarzen Lockenkopf, der sie ebenfalls interessiert aus dem Auto anschaute.

Hugh wusste, was sich gehörte. Er sprang flott aus seinem Wägelchen. »Na, Mädels, da seid ihr ja.« Er begrüßte uns mit einem kräftigen Tatzendruck, um dann erst einmal ausgiebig Inge zu begutachten. Klar, dass er von ihr beeindruckt war. »Wow, I must say, all German girls are very attractive!« Inge schenkte ihm ein hinreißendes Lächeln. Der Kerl konnte Komplimente machen. Hugh hielt uns galant die schmutzige Tür seines Vans auf. »Dann mal rein mit euch!« Da die hintere Sitzreihe mit Werkzeug und Arbeitsklamotten belegt war, blieb uns nichts anderes übrig, als sich neben ihn zu quetschen. Es roch nach kaltem Rauch. Der Aschenbecher quoll fast über. Zu meinem Missmut, jedoch zu Inges Freude zündete sich Hugh eine Zigarette an.

Ich betrachtete wieder einmal seine Hände. Typisch Raucher, ganz braune Fingerkuppen. So was von hässlich! Er hielt uns die Schachtel unter die Nase und Inge ließ sich nicht zweimal bitten. Sie blies genüsslich den Rauch durch ihr zartes Näschen und sah mich fragend an. »Gönn dir auch eine, ist umsonst!« Ich verzichtete. Die letzte Zigarette lag mir noch schwer im Magen. Kurz vor Stratford bog Hugh von der Straße ab und lenkte seinen Van durch ein paar schmale Wege, bis dieses schnuckelige Restaurant vor uns auftauchte.

Vor dem Eingang standen riesige Blumenkübel mit blauen Hortensien, meinen Lieblingsblumen. Ein wunderschönes Bild. Wir gingen hinein und mussten gestehen, dass Hugh genau unseren Geschmack mit dieser Wahl getroffen hatte.

Die Tische und Stühle waren aus schwerem dunklen Holz. Über der Theke baumelten kupferne Kannen, die mich allerdings unbehaglich an Claires Messing-Utensilien erinnerten. Hugh steuerte auf eine Ecke am Fenster zu, und wir ließen uns in die bequemen Sessel fallen, voller Vorfreude auf einen schönen Abend. Eine korpulente junge Frau eilte sofort an unseren Tisch und überreichte uns die in Leder gebundene Speisekarte. Der Laden hier schien erste Sahne zu sein. »Die hat ja ordentlich was auf den Polstern«, flüsterte ich meiner Freundin zu. »Sind wir etwa auch so fett?« Inge gab keine Antwort. Sie war schon sehr in die Karte vertieft. Und was man da las, war Verführung pur. Nein, ich hatte mir vorgenommen, nur eine Kleinigkeit zu essen, trotz der Einladung, denn meine Diät hatte größte Priorität. Also wählte ich einen Vitamin-Salat mit Käsewürfeln und Tomaten, garniert mit gebratenen Putenstreifen. Inge war unschlüssig. Aber schließlich tat sie es mir gleich. Sie wollte auch bescheiden sein. Statt der Putenstreifen bestellte sie Hähnchenbrust. Der liebe Hugh lachte amüsiert. Für ihn musste der Koch zu unserem Neid ein großes Steak in die Pfanne hauen. Außerdem wollte er Fritten – Inge und mir lief das Wasser im Mund zusammen. Die Kellnerin brachte eine Flasche Rosé und wir begossen unsere neue Freundschaft.

Hugh war redselig. Er erzählte uns, dass er schon längere Zeit »solo« sei, aber das würde bei ihm nie lange anhalten. Er schenkte uns abwechselnd heiße, viel sagende Blicke. Scheinbar wollte er keine von uns benachteiligen. Mir war richtig mulmig zumute. »Wie sieht's denn bei euch so aus, Mädels?«, wollte er nun wissen. Inge startete zuerst. Sie begann, von ihrem boyfriend im heimischen Kornwestheim zu erzählen. »Ich bin so gut wie verlobt«, sagte sie, »und wahrscheinlich werden wir schon nächstes Jahr heiraten.« Sie zog ein Foto aus der Tasche und Hugh durfte ihren Freund bewundern. »Ganz nett, aber die English boys sind auch nicht ohne, oder?« Er grinste breit über sein ganzes Gesicht und fand sich wohl unwiderstehlich. Mir wurde ganz flau. »Brun, willst du auch schon nächstes Jahr heiraten?« »Äh, nein. So schnell wohl nicht. Ich lass mir noch ein bisschen Zeit.« »Hast du auch ein Foto von deinem boyfriend? Lass mal sehen!« Wie gut, dass ich sämtliche Mitglieder meiner Familie und die, die es werden wollten, porträtiert in meinem Portemonnaie herumschleppte. Mein zukünftiger Schwager Klaus musste herhalten. »Viel Haare hat er ja nicht auf dem Kopf!« Hugh fuhr sich sogleich selbstgefällig durch seine schwarzen Schmalzlocken. So ein Angeber. »Er hat zwar nicht so viele Haare auf dem Kopf, aber dafür hat er sehr viel im Kopf.« Jetzt war Schmalzlocke sicherlich beleidigt! Doch keineswegs.

Hugh goss sich von dem leckeren Rosé ein. »Mädels, vergesst mal für ein paar Monate eure Jungs. Wir sind jetzt hier in England! Auf unsere Freundschaft!« Er spülte den Wein wie Wasser hinunter und ich dachte besorgt an die Heimfahrt. Das konnte ja heiter werden. »Kannst du gleich überhaupt noch fahren?«, wollte ich wissen. Der Angeber beruhigte mich. »Um die Zeit sind die Straßen leer, meine Süße, keine Bange!« Und zur Bekräftigung kippte Hugh noch ein Pinnchen Schnaps hinunter. Wir sollten sehen, was für ein ganzer Kerl er war. Aufgeräumt erzählte er uns von einer Party, die in Kürze laufen sollte, und auf die er unbedingt gehen müsste. »Ich kann euch mitnehmen, wenn ihr wollt.« Sein Schmachtblick galt diesmal mir. Wahrscheinlich lag ihm Inges Hochzeit im Magen. Wir wollten gern, aber nur zusammen. Nun wurde unser lieber Freund so richtig gesprächig. Er erzählte uns von seinem interessanten Job, seinen vielen Aufträgen in Solihull, wo ein Haus schöner war als das andere und wo er eine Menge Geld machen konnte. Wir brauchten unseren Mund gar nicht aufzumachen, Hugh erstickte die angefangenen Sätze bereits im Keim. Inge gähnte vor Langeweile. Ich heuchelte großes Interesse, schließlich sollte er uns ja in Zukunft zur Schule fahren und da mussten wir ihm schon ein bisschen zeigen, wie interessant wir seine Konversation fanden.

Als Hugh überlegte, noch eine zweite Flasche Rosé zu köpfen, hielt sich Inge die Hand an die Schläfen. »Ich hab ziemliches Kopfweh, Hugh. Vielleicht habe ich zu viel getrunken.« Sie schaute ihn mit halb geschlossenen Augen an, und präsentierte uns im nächsten Moment eine sauber gespielte Migräneattacke. Astrein, fand ich. »Der reicht mir für heute«, sagte sie auf Deutsch. »Den Typen kann ich nicht länger ertragen. Lass uns bloß abhauen!« Aber der liebe Hugh dachte gar nicht daran, den Abend schon ausklingen zu lassen. »Don't you unterstand, I need my bed and an Aspirin«, schnauzte Inge unseren redseligen Gastgeber an. »Wir müssen gehen«, unterbrach ich sanft den Redeschwall unseres Gönners. »Inge hat schreckliche Kopfschmerzen!« Hugh machte endlich seinen Mund zu und eilte sofort zur Garderobe. »Sorry, Mädels, dann müssen wir eben unsere nette Unterhaltung ein andermal fortsetzen. Aber Brun, was hältst du davon, wenn wir deine Freundin nach Hause bringen und noch irgendwo einen Drink zu uns nehmen?« Hoffnungsvoll schaute er mich an. Ich winkte ab. »Ne, heute nicht. Ich bin auch ziemlich müde, Hugh.« Er war sichtlich enttäuscht. Inge lächelte süffisant. »Sieh an, unser Schluckspecht möchte mit dir alleine sein. Nutze die Gelegenheit!« Das wollte ich absolut nicht. Schade, dass er so gar nicht mein Typ war.

Sein Fahrstil war bemerkenswert. Er fuhr, als wenn ein Stier hinter uns her wäre. Gut, dass keine Polizei in der Nähe war, doch Hugh war auch im benebelten Zustand ein guter Driver, das mussten wir zugeben. Unfallfrei bog er in unsere Straße ein. Meine Hände waren von der Anspannung dieser Fahrt ganz feucht und Inge verdrehte nur noch ihre Augen. Hugh stoppte direkt vor unserem Haus. Er half uns galant beim Aussteigen und drückte uns zum Abschied einen Kuss auf die Wange bevor er sich wieder auf den Sitz schwang und davonbrauste. Plötzlich kam er mit quietschenden Reifen rückwärts gefahren, kurbelte das Fenster herunter und schrie: »Mädels, ich hol euch am Dienstag ab zur Schule. Seid pünktlich!« Also, übel war der Knabe ja nun wirklich nicht.

Inzwischen wurden bei uns Urlaubspläne geschmiedet. Jedes Jahr fuhren Howard, Claire und die Kinder nach St. Ives in Cornwall. Dort mieteten sie in einer großen Ferienanlage ein geräumiges Appartement, welches direkt am Meer lag. Debbie und Sara waren voller Vorfreude auf diese Ferien. »Brun, wir können den ganzen Tag draußen sein und am Wasser spielen. Und wir zeigen dir, wie man kleine Fische fängt. Daddy hat uns letztes Jahr eine Angel gekauft. Wirst du mit uns Muscheln sammeln? Kannst du schwimmen, Brun?« »Ja, ja, ja!« Ich musste lachen. Sie machten mich neugierig auf all das Schöne, das uns dort erwartete.

Claires große Begabung, stets Schnäppchen in Läden wie Marks & Spencer zu ergattern, um für den Urlaub gerüstet zu sein, machte mich neidisch. Sie kam – große Einkaufstüten schwenkend – mit leuchtenden Augen ins Haus gerannt, um mir zu zeigen, dass sie all die schönen Sommersachen zu einem »Spottpreis« ergattert hatte. Der neue Badeanzug erregte Howards größte Bewunderung. Er war grün und hatte einen ziemlich gewagten Ausschnitt. Voller Entsetzen fiel mir ein, dass ich meine Figur wohl kaum in den Bikini zwängen konnte, den ich mir aus Deutschland mitgebracht hatte. Ich tat gut daran, mich langsam ans Sparen zu machen, um mir noch etwas Passendes kaufen zu können. Momentan verlor ich aber auch kein einziges Gramm an Gewicht. Es war ein Stillstand eingetreten, so ein Mist. Zwar verkniff ich mir die meisten Süßigkeiten. Aber hin und wieder wurde ich bei sausages und hot dogs schwach. Sollte ich mal wieder einen kleinen Bettelbrief an meine Eltern schicken? Ich hatte ihnen in letzter Zeit öfter »durch die Blume« zu verstehen gegeben, dass alles so teuer sei, das Schulgeld und das Theater in Stratford, das wir mit der Klasse besuchten. Meine Geldbörse litt extrem unter Schwindsucht.

Mein lieber Dad schickte mir schon mal ein Scheinchen, aber es war immer sehr schnell verbraucht. Verdammt, wie konnte man sonst zu Geld kommen? Der Himmel erhörte mein Stoßgebet. Howard kam aus dem Büro nach Hause und steuerte direkt auf mich zu. »Hast du Lust auf kleine Übersetzungen?« Und wie ich Lust hatte! Seine Firma suchte Kontakte zu einigen Schraubenfabriken in Deutschland und ich sollte diese Anfragen auf einer Schreibmaschine erledigen. Rettung! Für jeden kleinen Brief, der England verließ, gab es Bares auf die Hand. Jetzt konnte ich mich sogleich auf die Suche nach einem passenden Badeanzug machen. Ich fand ihn, dunkelblau-gestreift – Streifen machen schlank, und als Inge mich am Abend begutachtete, fand sie mich darin gar nicht so übel. Meine liebe Mama hatte mir in Anbetracht des bevorstehenden Urlaubs ebenfalls einen Zwanzig-Mark-Schein beigelegt, als Urlaubsgeld sozusagen. Ich war glücklich. St. Ives – wir kommen!

Nun konnte ich es kaum erwarten, den Koffer zu packen. Howard erzählte mir ständig, wie schön es dort wäre und die Kinder waren schrecklich aufgeregt. Ich hatte als 9-Jährige sechs Wochen in Norderney verbracht, in einem Kindererholungsheim, wo wir morgens mit klumpigem Haferbrei gemästet wurden, an dem wir alle fast erstickten. Da hatte ich zum ersten Mal das Meer gesehen, und ich war beeindruckt von seiner Schönheit. Jedoch blieben die damaligen Erlebnisse an dieses Kinderheim in absolut schlechter Erinnerung für mich. Jetzt aber würde ich richtig Ferien machen können. Ich freute mich auf die salzige Luft, die Strandspaziergänge, auf Wind und Wellen. Mit Sara und Debbie wollte ich schwimmen gehen und mit Kim um die Wette laufen. Vier herrliche Wochen lagen vor uns.

Endlich konnten wir das Haus abschließen. Howard und ich schleppten das Gepäck zum Auto. Die Kinder waren vollkommen aufgedreht. Sie hatten nicht schlafen wollen und nervten ihren Daddy mit ständigen Fragen, wann es denn nun losginge. Im Auto wollte Sara unbedingt neben mir ihren Platz haben. Sie klammerte sich schon wieder wie eine Klette an meinen grauen Pullover, der mir für die lange Fahrt sehr passend erschien. Wie gut, dass ich ihn noch nicht in den Müllcontainer geschmissen hatte. Er durfte auch mit nach St. Ives. Obwohl er mir schon fast bis zu den Knien reichte, fühlte ich mich sehr wohl in diesem Teil. Debbie wollte ebenfalls hinten sitzen, so dass Claire Kim auf ihren Schoß nahm, der seine Freude aufs Autofahren durch lautes Bellen und Hecheln kundtat und ihr ständig mit seiner rosa Zunge das Gesicht leckte.

Und los ging's. Einige Stunden vergingen. Wir schliefen zwischendurch ein, nur Howard konnte sich keine Müdigkeit erlauben.

Plötzlich wurde ich durch einen widerlichen Geruch aus meinen Träumen geweckt. Ich sah, wie Claire mit Kim schimpfte und ihm sogar einen ordentlichen Klaps auf sein Hinterteil verpasste. Nanu, was war passiert? »You naughty dog! What have you done!« Howard fuhr sofort auf den Seitenstreifen und riss die Wagentür auf. Kim hatte doch tatsächlich Claires schwarze Lacktasche mit einem beträchtlichen Haufen verziert. Gott sei Dank war er von fester Konsistenz. Im Schein einer Taschenlampe wurden die Spuren mit Mineralwasser beseitigt und wir mussten endlos lange lüften, bis man es wieder einigermaßen im Auto ertragen konnte. Der böse Hund wurde auf die Erde verbannt. Er lag nun zu Claires Füßen und war zutiefst beleidigt. Gegen Morgen war es aus mit der Stille. Debbie quengelte. Ihr und Sara ging es nicht gut. Ihnen war schlecht, und sie wollten raus an die frische Luft. Wir steuerten ein Rasthaus an, um die Toilette aufzusuchen. Noch bevor wir diese fanden, erbrachen die beiden auf den frisch vorher gewienerten Fußboden und fingen lauthals an zu heulen. Howard reagierte sehr verärgert. Claire war der Sache nicht gewachsen und schaute mich ratlos an. Die Bedienung eilte herbei und war nicht gerade erfreut über das, was sie sah. Aber so etwas konnte eben vorkommen. Nachdem ich der jungen Frau geholfen hatte, die Misere zu beseitigen (Claire trieb es wortlos zur Toilette – sie konnte den Anblick ihrer wachsbleichen Kinder und ihres Mageninhalts nicht verkraften), saßen wir mit blassen Gesichtern am Tisch und bestellten etwas zu trinken. Danach ging es uns allen besser.

Wir hatten noch keinen Hunger und fuhren nach kurzer Pause weiter. Draußen begann es hell zu werden, und ich genoss die wunderschöne Landschaft. Die kleinen Orte, die wir durchquerten, lagen sanft eingebettet in satte grüne Wiesen, die Häuser waren mit Reet gedeckt, umgeben von gepflegten Gärten, in denen Hortensienbüsche in prächtiger Blüte standen. Viele kleine Pubs warben mit großen Tafeln am Wegesrand mit »cream and strawberry« für die Touristen. Mir lief das Wasser im Munde zusammen, wenn ich an die Zeit dachte, die vor mir lag.

St. Ives, ein kleines verträumtes Fischerdörfchen – ich war gleich verliebt in dieses Fleckchen Erde. Saubere, malerische Gässchen, kleine Steinhäuser, an denen Rosen und Efeu emporrankten, urige Tavernen die zum Verweilen einluden, blumenübersäte Wiesen, dieses Meer, so gewaltig und schön, die Wellen, die sich mit weißer Gischt an den Klippen brachen, steile Felsen, die mir Angst einflößten, weil sie unheimlich auf mich wirkten. Vor allem dann, wenn wir es wagten, bis dicht an den Abgrund zu gehen, um hinabzuschauen auf die gewaltige Brandung. Unser Appartement-Hotel lag direkt am Strand. Wir genossen es, auf dem Balkon zu frühstücken. Die Vorfreude auf das Baden und Faulenzen machte mich jeden Morgen munter, und ich hatte niemals Schwierigkeiten, aus meinem Bett zu kommen. Kim musste sowieso seinen Verdauungslauf hinter sich bringen, und ich liebte es, mit ihm am Wasser entlang zu rennen und die frische Seeluft einzuatmen. Was gab es Schöneres, als den weißen Sand unter den nackten Füßen zu spüren. Sara und Debbie waren kaum aus dem Wasser herauszuholen. Sie kreischten und juchzten, bespritzten sich gegenseitig und kannten kein Frösteln, auch wenn die Sonne am Abend den Strand im Schatten liegen ließ.

Howard liebte es, die Abende mit Claire in romantischen Pubs zu verbringen. Ich gönnte es ihnen und war völlig neidlos. Sobald Sara und Debbie im Bett lagen, machte ich es mir auf dem Balkon bequem. Mit einem Buch und einer Schale köstlicher Erdbeeren ließ ich mich in einem bequemen Liegestuhl nieder. Ach, was ging es mir doch gut. Dann erlebte ich die schönsten Sonnenuntergänge, die ich jemals in meinem Leben gesehen hatte. Das Meer war in goldenes Licht getaucht und die Sonne verschwand als glutroter Ball langsam am Horizont. Ich war fasziniert und wünschte mir sehr, Inge könnte all das mit mir genießen.

Die Tage vergingen. Wir schwammen, unternahmen Ausflüge ins Landesinnere und genossen die zauberhafte Landschaft, in die ich mich immer mehr verliebte. Mittags bereitete ich meist einen großen Salat. Dazu gab es Schinken und Toast. Die tea-time verbrachten wir jeden Tag in einem anderen kleinen Nachbardorf. Wir fuhren durch das Landesinnere, über schmale, gewundene Wege inmitten von Äckern und grünen Wiesen, auf denen Schafe und Kühe weideten. Das Meer war nah. Wir sogen die frische Luft ein, hielten manchmal vor einem kleinen Cottage und bewunderten die liebevoll angelegten Gärten mit bunter Blumenvielfalt. In kleinen wunderhübschen Restaurants aßen wir Unmengen an Erdbeeren mit cream und genossen die Ruhe.

Debbie und Sara nickten schon meist auf ihren Stühlen ein. Luft und Sonne hatten sie müde gemacht. Ich betrachtete ihre kleinen braunen Körper. Sie sahen so gesund aus. Debbies Appetit machte besonders Howard glücklich, und wir waren erstaunt, was dieses zarte Persönchen täglich in ihren kleinen Mund stopfen konnte. »Es ist nicht zu glauben,« lachte Howard verzückt. »Debbie, du bist so wundervoll!« Sara kletterte sofort auf seinen Schoß. »Daddy, ich will auch wundervoll sein!« Er war ein toller Vater, dieser Howard. Voll Liebe drückte er seine Kleine an sich und küsste letztendlich auch Claire. »Und du, meine Süße, bist die schönste Frau von Solihull!« »Nur von Solihull?« Claire zwinkerte ihm zu. Ich fand sie in dem Moment hinreißend attraktiv. Nun war Kim an der Reihe. Er wurde einstimmig zum »most wonderful devil of all the dogs« gekürt. Kim dankte uns, indem er laut bellend um die Stühle sauste. Und ich? Amüsiert schaute ich meine Familie an. »Du bist das beste au pair, was wir je hatten!« Diese wohltuenden Worte waren Claire entschlüpft und sie sagte dies im Brustton tiefster Überzeugung. Sie lächelte mich an. Ich freute mich, denn es war ein ehrliches Kompliment.

Aber alles hat einmal ein Ende. Meine Befürchtung, die Ferienwohnung putzen zu müssen, war umsonst. Eine Kolonne Reinigungskräfte betrat an unserem Abreisetag das Haus, und ich war Claire dafür sehr dankbar, denn die Erholung wäre zum Teil sicherlich dahin gewesen. Auf dem Heimweg schon hatte Claire große Pläne, was unsere Küche betraf. Sie war voller Tatendrang und prophezeite mir einen riesengroßen Putztag. Laut denkend veränderte sie bereits ihren Garten. Er sollte in den nächsten Tagen einen Touch »Cornwall-Ambiente« bekommen. »Ich hab schon eine genaue Vorstellung davon«, sagte sie schwärmerisch und dabei schaute sie hauptsächlich mich an. Die Autofahrt verlief störungsfrei. Kim lag zu Claires Füßen. Ab und zu zuckte sein ganzer Körper. Ob er wohl gerade von den vielen Katzen in St. Ives träumte, die täglich um ihr Leben rannten, wenn sie ihm begegneten? Einige hatten sich mit ihren scharfen Krallen verteidigen können. Trotzdem war sein ausgeprägter Jagdinstinkt nicht zu stoppen, wenn ein Katzenvieh seinen Weg kreuzte.

Inge war natürlich glücklich, dass wir wieder da waren. »Es war schrecklich langweilig ohne dich«, sagte sie, und das tat mir gut. Kritisch schaute sie mich von oben bis unten an, und trocken kam ihre Bemerkung: »Na, viel dünner bist Du aber nicht geworden. – Außerdem – Hugh was missing you!« Ich war gerührt. Noch jemand, der sich freute, mich wieder zu sehen.

Der Alltag war eingekehrt. Mit Schwung und Elan wurde das Haus von oben bis unten geputzt. Claire nahm sich zu meiner großen Überraschung die oberen Räumlichkeiten vor und ging mit so viel Eifer und Seife zur Sache, dass ich mich schämte, so schlecht von ihr gedacht zu haben. Wir waren tatsächlich ein »Team«. Es gab Momente, da hatten wir beide das Gefühl, fast Freundinnen zu sein. Claire stellte fest, dass ich sogar künstlerisch nicht ganz unbegabt war und drückte mir Pinsel und Farbe in die Hand. Sie hatte in einem Journal fantastische Anregungen gefunden, wie man mit der »do it yourself«-Methode ein langweiliges Schlafzimmer in ein richtiges Liebesnest verwandeln konnte. Die weißen, mit Blumen und Blättern verzierten Schabracken über den Betten sowie an den Seitenwänden der Schränke bekamen ein zartes Rosa und Gold und lösten bei Claire wahre Freudentaumel aus. Begeistert lobte sie mich bei ihrer Freundin Glen, dass es mir fast schon ein wenig peinlich war. Sie konnte es kaum aushalten, bis Howard nach Hause kam. Er war ebenfalls entzückt. An diesem Abend verschwanden beide sehr früh von der Bildfläche. Solch ein Effekt, nur durch ein bisschen Farbe!

Mein Geburtstag nahte, und meine Gastfamilie verriet mir, was sie an diesem Tag mit mir vorhatte. Ich würde mit Claire und Howard nach Oxford fahren, da Howard geschäftlich dort zu tun hatte. Er wollte uns in der Stadt absetzen, damit wir uns alle Sehenswürdigkeiten in Ruhe – und ohne die Kinder – anschauen konnten. Ich musste also Inge vertrösten, die sich schon auf eine nette Geburtstagsfeier mit Kuchen und Sherry freute. Ich versprach ihr, alles nachzuholen. Sie fand die Idee mit Oxford allerdings auch sehr gut.

Leider kam alles anders als geplant. Am 24. Juli – drei Tage vor meinem Geburtstag – klingelte das Telefon. Claire nahm ab, wurde bleich, stammelte fassungslos ein ständiges »oh no« und gab wortlos den Hörer an Howard weiter, der ebenfalls weiß wie die Wand wurde. Ich ahnte Schlimmes. Was war passiert? Heather, Howards Schwester, teilte uns den Tod ihres Mannes Steven mit. Er hatte plötzlich einen Herzinfarkt erlitten. Ganze 32 Jahre alt. Fassungslos schauten wir uns an. Ich konnte es gar nicht glauben. Dieser nette und höfliche junge Mann sollte tot sein? Heather und er waren erst einige Wochen zuvor bei uns gewesen. Sie hatten vor zwei Jahren geheiratet und ein hübsches Häuschen in unserer Nähe bezogen. Man konnte den beiden ansehen, wie glücklich sie waren. Jäh hatte der Tod alles zerstört. Die arme Heather war untröstlich in ihrem Schmerz. Selbstverständlich boten Howard und Claire ihr an, zu uns zu kommen. Da sie keine Kinder hatte, war sie froh, die ersten Trauertage bei uns verbringen zu können. Mein Zimmer sollte Heather auch bekommen – mit meinem Einverständnis natürlich! Ich würde mich für einige Zeit bei Sara einquartieren, die über diese Nachricht ganz närrisch vor Freude war. Debbie platzte vor Eifersucht, und Claire konnte sie nur trösten, indem sie ihr einige Nächte in Daddys Bett versprach. Howard wurde ausquartiert und musste sich wohl oder übel auf die Couch im Wohnzimmer zum Schlafen legen.

Heather schlich mit geröteten Augen im Haus herum und war unfähig, irgend etwas zu tun. Wir alle hatten tiefes Mitleid mit ihr und versuchten, sie zu trösten. Aber ihr Herzschmerz war zu groß, und sie klagte laut über das Schicksal, das es nicht gut mit ihr meinte. Claire war ratlos. Wie sollte sie ihrer Schwägerin helfen? Ah, ja, die Kinder. Sara und Debbie hatten den Auftrag, besonders lieb zu Tante Heather zu sein. Das würde ihr gut tun. Aber die beiden weigerten sich strikt, der Tante so nahe zu kommen. Sie fühlten, dass Heather mit kleinen Mädchen überhaupt nichts anfangen konnte und liefen aus dem Zimmer. Ich machte mich daran, mein Bett für die arme Witwe frisch zu beziehen, und Heather sah mir mit verweinten Augen zu. »Dear, jetzt nehme ich dir auch noch dein Zimmer weg!« Ich winkte ab, es war ja nur für ein paar Tage. Der Tod war so grausam. Wie furchtbar musste es doch für sie sein, Steven nie mehr wieder sehen zu können. Wortlos nahm ich sie in den Arm. Heather schaute mich an. Ich spürte, mein Mitgefühl tat ihr gut.

Claire und ich waren damit beschäftigt, eine Menge Sandwiches auf großen Platten anzurichten, da die Beileidsbekundungen ebenfalls in unserem Hause entgegengenommen wurden. Meine Füße schmerzten am Abend und mein Rücken tat mir weh, aber dies alles musste sein, um der jungen Witwe beizustehen. Howard war mir besonders dankbar. »Sobald Heather wieder zu Hause ist, Brun, werden wir nach Oxford fahren. Wir sind wirklich sehr froh, dass du Verständnis zeigst und uns so viel geholfen hast!« Mich hatte der Tod von Steven sehr getroffen. Auf die arme Heather kam jetzt eine schwere Zeit zu. Meine Geburtstagsfeier war mir absolut unwichtig geworden.

Howard und Claire fuhren mit Heather zur Beerdigung und ich blieb mit den Kindern allein im Haus. Trotz der gedrückten Stimmung freute ich mich, dass einige Päckchen aus Deutschland angekommen waren. Meine Eltern hatten mir ein Wörterbuch geschickt. Und von meinen Schwestern bekam ich einen Geldbetrag über 5 Pfund. Herrlich. Das würde die Leere in meiner Geldbörse ein wenig stopfen. Meine Freundin Gabi schrieb mir einen langen Brief und wieder lag ein kleines Scheinchen dabei. Was war sie doch für eine treue Seele. Irgendwann würde ich mich revanchieren. Das wollte ich unbedingt. Ich kannte sie schon seit der Schulzeit, und es war gut zu wissen, dass sie an mich dachte und mich vermisste. Von Claire und Howard bekam ich ein schönes Parfüm und den passenden Körperpuder. »Meine« beiden Kinder beglückten mich mit einer Riesenzeichnung, die mich als »Mary Poppins« darstellte. Wir suchten sofort einen passenden Platz über meinem Bett, wo mein Portrait aufgehängt wurde. Sara fand, dass ich viel hübscher sei als die Mary Poppins, die sie aus dem Film her kannte. Als auch noch Debbie mir ins Ohr flüsterte: »I love you, Brun«, war ich es, die ein paar Tränchen der Rührung verdrückte. Gerührt schloss ich meine Kleinen in die Arme.

In der Bücherei hatte ich mir Lesestoff über Oxford besorgt. Auf diese Stadt freute ich mich. Vor allem war ich neugierig auf die vielen alten Universitäten. Sara und Debbie waren tief enttäuscht als sie hörten, dass wir ohne sie fahren würden. Das ging nicht in ihre kleinen Köpfe hinein. Als ich ihnen aber sagte, dass dort nur alte Häuser seien, die wir anschauen wollten, schauten sie mich ratlos an. »Gibt es denn keine Geschäfte, wo man Barbies kaufen kann« fragte mich Sara entrüstet. Als ich verneinte, meinte sie: »Dann bleibe ich lieber hier.« Debbie war der gleichen Ansicht. Und zu meiner Erleichterung flossen keine Tränen.

Oxford war wunderschön. Ich genoss die herrlichen Parkanlagen, in denen sich Eichhörnchen tummelten und uns die mitgebrachten Nüsse ganz zahm aus der Hand holten. In einem Textilwarengeschäft kaufte ich mir einen flauschigen türkis-farbigen Bademantel aus Frottier. Der Preis war stark heruntergesetzt und Claire fand, dass ich ihn unbedingt brauchte. Ich zögerte ein wenig und dachte daran, dass fast all meine Ersparnisse in diesen Mantel fließen würden. Aber er sah wirklich so kuschelig aus und stand mir echt gut. Endlich mal ein schönes Teil! An der Kasse steckte mir Claire einen Geldschein zu. »Das ist noch für deinen Geburtstag, Brun. Jetzt hast du etwas, das dich an uns erinnert.« Ich war überrascht und glücklich. Das hatte ich wirklich nicht erwartet.

Anschließend gingen wir durch die Hochstraße, kurz »The High« genannt. Sie soll eine der eindrucksvollsten Straßen der Welt sein. Wir schauten uns den Botanischen Garten an und schlenderten am Ufer des Cherwells entlang. Und dann sah ich die vielen herrlichen alten Universitäten. Eine der ältesten ist das Balliol College. Es wurde im 13. Jahrhundert gebaut. Die eichenen Tore sind über 700 Jahre alt. Ich stellte mir die vielen Studenten vor, die in all den Jahrhunderten hinter diesen ehrwürdigen Mauern gebüffelt hatten, und nicht wenige von ihnen schafften durch ein Oxford-Studium den Sprung zur Karriere. Was war dagegen mein kleines Examen. Auf einmal kam ich mir dumm und ungebildet vor. Nicht einmal ein Abitur konnte ich vorweisen. Aber diesen schönen Tag wollte ich genießen. Schließlich laufen nicht nur weise Menschen auf unserem Planeten herum. Meine »Sorte« ist Gott sei Dank auch hinreichend vertreten. Am Ufer des Flusses fanden wir ein hübsches Restaurant, wo wir zu Mittag aßen. Dort warteten wir auf Howard, der uns zum Schluss noch einen wundervollen Eisbecher spendierte.

Es war ein herrlicher Tag.

Noch etwas Schönes erwartete mich. Mrs. Chadwick hatte noch ganz schnell eine Karte für eine Modenschau von Pierre Balmain in Birmingham ergattert. Es sollte eine Überraschung für Inge sein, aber als Mrs. Chadwick von meinem Geburtstag erfuhr, bekam auch ich eine Karte geschenkt. Wir freuten uns natürlich riesig, den großen Meister der Modewelt persönlich zu sehen. Was aber sollten wir anziehen? Wir sichteten sofort unsere Garderobe. Wehmütig hielt ich mein hübschestes Kleid in der Hand, das ich mir noch vor meiner Englandreise gekauft hatte. Ein Traum aus rotem Georgette mit schwarzen Punkten, figurbetont und sehr vorteilhaft bei meiner schmalen Taille. Ob ich jetzt wohl schon hineinpasste? Nach all den Hungertagen, die ich schon hinter mir hatte? Ich riskierte eine Anprobe. So ein Mist, es war immer noch viel zu eng. Resigniert hing ich es zurück auf den Bügel. Mein Blick wanderte durch meinen Kleiderschrank. Was war mit dem Hemdblusenkleid? Es sah eigentlich ziemlich brav aus, aber mit einem hübschen Tuch konnte ich es vielleicht ein wenig verändern. Nur, kam ich da hinein? Plötzlich hatte ich einen Geistesblitz. Da es vorn durchgeknöpft war, konnte ich die Knöpfe ganz nah an den Rand versetzen und dadurch mindestens zwei Zentimeter an Breite gewinnen. Sofort machte ich mich an die Arbeit. Na bitte, es klappte hervorragend. Ich war glücklich. Endlich hatte ich mal ein Kleid an, und diesmal brauchte ich keine Sicherheitsnadel. Es saß astrein.

Das musste ich gleich Inge zeigen. Auch ihr Kleiderschrankinhalt lag ausgebreitet auf dem Bett. Kritisch betrachtete sie mich von oben bis unten. »Steht dir echt gut. Du solltest aber irgend ein Tuch dazu tragen, sonst ist es zu bieder.« »Und was soll ich anziehen?« Ich fischte eine schwarze Hose heraus. »Was ist mit der hier? Die müsste dir doch langsam wieder passen.« Inge probierte. Bei ihr war ebenfalls die Sicherheitsnadel nicht mehr nötig. Sie hatte sich eine rote Bluse gekauft, und diese Farbe war ein toller Kontrast zu ihren dunkelbraunen Haaren. Wir fanden uns gar nicht mal so übel.

Claire lieh mir ein sehr hübsches Seidentuch und eine blaue Handtasche. Jetzt fühlte ich mich sicher. Meinen Haaren hatte ich einen längst fälligen Schnitt gegönnt, und die Friseuse war nach getaner Arbeit so begeistert, als hätte sie aus einem hässlichen Entlein einen schönen Schwan gezaubert. Zu Hause angekommen, fanden alle meine neue Frisur einfach »marvellous«. Meine Wimpern, auf deren schönen Schwung ich besonders stolz war, tuschte ich dreimal hintereinander, so wie es Claire mir beigebracht hatte. Dann legte ich noch hellgrünen Lidschatten auf, und nun fühlte ich mich absolut wohl in meiner Haut.

Als wir aus dem Bus stiegen, mussten wir lange suchen, bis wir das Kaufhaus fanden, in dem die Modenschau sein sollte. Inge bahnte sich einen Weg durch die vielen Menschen und schubste alles zur Seite, was sich ihr in den Weg stellte. Ein älterer Herr wollte unsere Karten sehen. Wir beobachteten nun, was sich hier tat. Kellner beeilten sich, die Gäste mit Sekt, Wein und Saft zu bedienen. Das war ganz in unserem Sinne. Und noch dazu umsonst. Inge steuerte gezielt auf einen jungen Mann zu, der gekonnt ein großes Tablett auf seinen Händen balancierte. Sie erleichterte ihn gleich um zwei gefüllte Gläschen. Der perlende Inhalt war verlockend. Hinunter damit! »Prost, auf einen schönen Nachmittag!« Oh, das tat gut. »Jetzt bist du dran«, sagte sie. Wir hielten nach einem anderen Kellner Ausschau, der auch nicht lange auf sich warten ließ. »Thank you, dear.« Ich lächelte ihn freundlich an und machte ihn um zwei Kelche ärmer. Beim dritten Mal aber erkannte uns Kellner Nr. 1 wieder. Er wollte geschwind an uns vorbeirauschen, aber Inge stellte sich ihm in den Weg. Seine Kinnlade klappte nach unten, doch dann siegte die englische Höflichkeit. Beschwingt kam sie auf mich zu. Ich war begeistert. Ein Glas Sekt in der Hand hatte so etwas Stilvolles. Dieses Gesöff sagte mir viel mehr zu als Rotwein. Und ich hatte nicht das Gefühl von Schwere im Kopf. In Zukunft würde ich nur noch so was in mich hineinschütten. Aber jetzt wollten wir nicht übertreiben. Drei Gläschen waren genug. Was war die Welt doch schön! Unser Gute-Laune-Barometer stieg immer höher.

Wir machten uns auf die Suche nach einem netten Plätzchen. Der große Saal war schon ziemlich gefüllt. Diverse Parfümwolken nebelten uns ein. Gleich in der dritten Reihe wurden wir fündig. Diese Stühle sahen bedeutend bequemer aus als die der hinteren Reihen. Entspannt ließen wir uns nieder und warteten voller Neugier auf die Dinge, die da kommen sollten. Leider fanden wir uns kurz danach in der vorletzten Reihe wieder. Ein älterer Herr, wohl ein Aufpasser, kam auf uns zu und bat sehr höflich darum, ihn nach hinten zu begleiten, was wir ihm nicht abschlagen wollten. Der Sekt hatte unsere Köpfe ein klein wenig benebelt. Inges Augen glänzten und unsere hervorragende Laune war trotz der Second-Hand-Platzwahl kein bisschen getrübt. Der nette ältere Herr blieb vorsichtshalber eine

Weile neben uns stehen, um sich zu vergewissern, dass wir auch wirklich sitzen blieben.

Meine Nachbarin erinnerte mich an einen alten Rauschgoldengel. Die Lady hatte einen faltigen Hals, der mit einer schweren Perlenkette behangen war. Alles an ihr klimperte bei der kleinsten Bewegung. Fasziniert starrte ich auf ihre blau geäderten Hände. Bis auf den Daumen trug sie an jedem ihrer Finger dicke goldene Ringe. Ob sie beim Spülen alle Klunker abnahm, oder hatte sie auch ein au pair? Sie hätte sehr gut in die Zeit Marie Antoinettes gepasst. Es fehlte nur noch eine hoch getürmte Lockenperücke. Die edle Dame würdigte mich keines Blickes. Ich war Luft für sie, aber das machte mir absolut nichts aus. Es gab ja so vieles zu sehen, und bald würde die Show beginnen.

Jetzt erschien ein junges Mädchen mit einem Körbchen voller Zigaretten, welches zu Inges großer Freude durch die Sitzreihen wanderte. Wir waren ergriffen über so viel Aufmerksamkeit. Inge flüsterte mir zu: »Mensch, die denken einfach an alles.« Ich gab ihr absolut recht. Geschickt wie immer schnappte sie sich mindestens ein Dutzend von den Stengeln, die sie sofort in ihrer Hosenfalte verschwinden ließ. Der zweite Zugriff klappte leider nicht. Das Körbchen wanderte hurtig durch die Reihe und verschwand auf Nimmerwiedersehen. »Du hättest ja auch ein paar nehmen können«, schnauzte mich meine Freundin an, »aber soweit denkst du nicht, mir auch mal eine Freude zu machen – da bist du lieber feige!« Oh, das saß. Ich war jetzt doch ein wenig zerknirscht. Aber unsere Mienen hellten sich auf, als die nächste Überraschung folgte. Scheinbar wollte Piere Balmain, dass alle – außer seinen superdünnen Models, die ja berufsbedingt hungern mussten – ein angenehmes Gefühl im Magen haben sollten, um seine Modenschau richtig genießen zu können. Denn nun wurden zu unserer großen Freude herrliche kleine Kanapees gereicht. Aber da schnappten die Ladies in unserer Reihe zu und räumten gewissenlos das Tablett leer. Von wegen englische Höflichkeit! Zu unserem Missmut ergatterten wir gerade mal eines von den leckeren Häppchen.

Jetzt wurde es spannend. Laufsteg frei für die Models. Wir schauten uns die Mädchen an: starre Mienen, staksige Beine, maskenhafte Gesichter. Nein, so wollten wir nicht aussehen. Dann lieber ein bisschen mehr Speck auf den Rippen. Die Kollektion hob uns auch nicht von unseren Sesseln, die Klamotten bei Marks & Spencer passten sowieso besser zu uns. »Mein Mockel wird mir später auch mal tolle Sachen kaufen.« Inge schwelgte in Zukunftsvisionen. Für mich gab es keinen Mockel auf weiter Flur, der den Wunsch hatte, mich in ein güldenes Gewand zu hüllen. Ich beneidete sie glühend. Mein boyfriend war nur eine Erfindung, um mir den lieben Hugh vom Leibe zu halten. Es wurde Zeit, dass sich in meinem Leben auch mal etwas tat!

Die folgenden Kreationen waren atemberaubend schön, aber, wie gesagt, nichts für die Normalfrau. »Wenn meine Mutter recht behält«, sagte ich leise zu meiner Freundin, »krieg ich mal einen reichen Mann. Sie sagt, ein Mädchen mit vielen Haaren auf den Armen …«. Inge schielte sofort auf meinen hellen Flaum und lächelte gönnerhaft. »Na, dann hoffen wir mal, dass deine Mutter recht behält. Aber du glaubst doch nicht im Ernst an so einen Stuss?« Ungläubig schaute sie mich an. »Natürlich nicht, ich hab nur Spaß gemacht«, flüsterte ich beschämt und nahm mir vor, in Zukunft solche Sprüche für mich zu behalten.

Zwei Stunden später standen wir an der Bushaltestelle und äugten zu einem Stand mit hot dogs, deren verführerischer Duft uns einfach zwang, zwei Portionen zu kaufen. »Wir sind zwar nicht die magersten«, meinte Inge und biss genießerisch in die öldurchtränkten Zwiebeln, »aber auf solche Twiggy-Typen stehen Männer absolut nicht!« Da gab ich ihr recht, und der hot dog schmeckte wie schon lange nicht mehr.

Eine Woche nach meinem Geburtstag lud ich Inge und Hugh ins Café zum Nachfeiern ein. Hugh übergab mir stolz ein kleines Päckchen. »Mach es auf. Ich bin gespannt, ob es dir gefällt.« Zum Vorschein kam ein Ring mit einem dicken roten Stein. An Hässlichkeit war er kaum zu überbieten, aber Hughs Geschmack war Inge und mir inzwischen hinreichend bekannt. »Na, was sagst du? Steck ihn mal an.« Er war regelrecht entzückt über sein tolles Geschenk – und ich tat, wie mir geheißen. Das Ding passte sogar, und ich heuchelte große Freude. »Das ist der Verlobungsring«, grinste Inge. Hugh gefiel der Ring sehr. Immer wieder schaute er ihn an und meinte: »Er ist aus Silber, Brun. Nur der Stein ist nicht echt.« Irgendwie verblüffte uns seine Ehrlichkeit. »Vermutlich hat er ihn aus einer Wundertüte. Vorige Woche war hier Kirmes!« Inges Zynismus kannte keine Grenzen, aber unser Freund war der deutschen Sprache Gott sei Dank nicht mächtig. »Ich hab schon Angst vor meinem Geburtstag nächsten Monat«, meinte sie. »Hoffentlich hat er die Wundertüte nicht im Doppelpack gekauft.« Einem geschenkten Gaul schaut man nicht ins Maul. Der Ring wurde gebührend begossen. Hugh trank drei Tassen Kaffee und gönnte sich zwei große Stücke Sahnetorte. Ihm schmeckte es ausgezeichnet. Ich bezahlte die Rechnung ohne Zähneknirschen. Hugh war schließlich immer zur Stelle, wenn wir ihn brauchten, und er sollte nicht hungrig von meinem Geburtstagstisch aufstehen.

Die Party, zu der wir eingeladen waren, fand in Shirely statt. Hughs Freund Terry war erst seit kurzem mit Pamela, einem Twiggy-ähnlichen Geschöpf, verheiratet und hatte aus diesem Anlass seine Freunde eingeladen. Hugh wollte Inge und mich am frühen Abend abholen. Ich beeilte mich sehr, um mit meiner Arbeit fertig zu werden. Sara lag mit einer Erkältung im Bett, und ich musste ihr zwischendurch immer wieder eine Geschichte vorlesen. Debbie war zu einem Kindergeburtstag eingeladen, und Claire brauchte ganz dringend ein neues Kleid. Sie fegte wahrscheinlich durch sämtliche Geschäfte in Birmingham. Endlich kam sie zur Tür herein, tütenbepackt und glücklich. Leider konnte ich ihre Einkäufe aus Zeitmangel nicht mehr gebührend bewundern. Hugh stand mit gegelten Haaren vor seinem Van und riss die Tür auf. »Mädels, ihr seht mal wieder zum Anbeißen süß aus!« Er verstand es, Komplimente zu machen. Es tat gut, so was Nettes zu hören. »Hast du deine Haare in Olivenöl getaucht?« Das war Inges Kompliment an unseren Driver. Hugh lächelte selbstgefällig. Er fuhr wieder in einem Affentempo, was uns aber keine Angst mehr machte. Wir hatten uns inzwischen an seine Fahrweise gewöhnt.

Mit einem hübschen Blumenstrauß und einer Flasche Rotwein standen wir kurze Zeit später vor Pams und Terrys Häuschen. Die Wohnung war ziemlich dürftig eingerichtet, aber die beiden befanden sich ja auch erst am Anfang ihrer Ehe. Dafür hatten sie hinter dem Haus einen wunderschönen Garten. Eine große Mauer, die mit Efeu bewachsen war, schützte vor neugierigen Blicken. Rings um die Wiese rankten Rosensträucher. Margeriten und Glockenblumen vermischten sich mit rotem Mohn. Alles wucherte wild vor sich hin. Wir waren nicht die ersten Gäste. Hugh hielt

Inge und mich fest in seinen Pranken und stellte uns den anderen vor. Pamela hatte sich echt viel Mühe gegeben. Sie hatte Unmengen von Sandwiches und Salaten auf einem Gartentisch angerichtet. Auch für alkoholische Getränke war gesorgt. Ich bevorzugte einen Juice. Leider entdeckte ich keinen Sekt, und der Rotwein erinnerte mich doch zu sehr an die Orgie mit Inge in unserem Wohnzimmer.

Getanzt wurde auf einer kleinen buckeligen Terrasse. Natürlich wurden fast ausschließlich Beatles-Platten aufgelegt. Wir schwärmten alle für diese englischen Pilzköpfe und liebten ihre Musik. Hugh hatte die Schwerfälligkeit eines Tanzbären. Sobald Terry eine Platte auflegte, forderte er entweder Inge oder mich auf. Zwar gab es noch andere männliche Wesen auf dieser Party, aber mit Kennerblick stellten wir fest, dass uns wohl keiner von den Jungens hier vom Hocker haute. Zu Hause hatte meine Freundin Gabi die große Sorge gehabt, ich könnte mich eventuell in einen englischen Boy verlieben und Deutschland für immer den Rücken kehren. Dass sie sich aber absolut keine Sorgen zu machen brauchte, stimmte mich schon ein wenig bedenklich. War ich vielleicht zu wählerisch? Nein, das nicht, aber hier brachte definitiv niemand mein Herz zum Flattern.

Hugh genoss diesen Abend ganz besonders, denn Monika, ein au pair aus Österreich, fand ihn einfach »wahnsinnig nett«. Sie flirtete ganz ungeniert mit ihm und wir ermunterten sie, ihn doch mal zum Tanz aufzufordern. Das ließ sie sich nicht zweimal sagen. »Yesterday, love was such an easy game to play« – der liebe Hugh konnte sein Glück nicht fassen. Monika nahm den Song wörtlich. Sie schlang gleich ihre Arme um seinen Hals und der Körperkontakt war nicht zu übersehen. Er schielte etwas verlegen zu Inge und mir, aber wir sandten ihm recht wohlgefällige Blicke, so dass Hugh es mutig wagte, ihre Hinterbacken zu betatschen. Endlich kam er mal so richtig zum Zug. Und seine zwei Frauen schienen überhaupt nichts dagegen zu haben.

Danach setzte sich Monika sofort zu uns. »Wer von euch beiden ist denn nun so großzügig? Nicht ein bisschen eifersüchtig?« Inge klärte sie auf. »Es ist mehr so die brüderliche Art, die uns mit Hugh verbindet. Also, wenn du was mit ihm anfangen willst, wir haben nichts dagegen.« Daraufhin war Monikas gute Laune für jedermann offensichtlich. Sie ging zur Sache, indem sie unserem schwarzen Lockenkopf mit geübten Fingern in die Haarpracht fuhr, was Hugh dermaßen begeisterte, dass auch er flink begann, ihre gestylte Dauerwellen-Frisur ein wenig zu verändern. Der Abend schien für ihn vielversprechend zu werden.

Als sich spätabends die Themen fast ausschließlich nur noch um Politik drehten, mischten wir natürlich kräftig mit. Über unseren Bundeskanzler Erhard wurden einige Witzchen gemacht. Er war bekannt für seine beachtliche Leibesfülle und die Liebe zu dicken Zigarren. »Eurem Kanzler sieht man an, dass er viel von Wohlstand hält«, meinte Hugh, »aber Spaß beiseite, er ist ein guter Politiker für euer Land.« Wir fanden dann auch schnell noch einen Übergang zum Staatsbesuch der Queen in Germany, der im Mai stattgefunden hatte, und genussvoll lästerten Inge und ich über die potthässlichen Hüte und die dazu passenden Handtaschen, für die Ihre Majestät eine große Schwäche zeigte, was aber zu unserer Verwunderung hier in dieser Runde auf Unverständnis stieß. Pamela fand, dass diese Kreationen einmalig waren. »Alle Mitglieder der Royals zeigen Phantasie. Ihr Outfit ist einmalig!« In diesem Punkt pflichteten Inge und ich ihr schleunigst bei und versuchten krampfhaft, ernst zu bleiben.

Zu vorgerückter Stunde war Inges Gähnen unüberhörbar, und auch ich sehnte mich nach meinem schönen Bett. Hugh bekam dezent einen Stoß in die Rippen. Er war gerade dabei, schamlos in unser aller Gegenwart Monikas Ohrläppchen zu beknabbern. »Hugh, ich glaube, es ist langsam Zeit, dass wir gehen!« Unser Tanzbär war selig. Gegen einen Aufbruch hatte er nichts einzuwenden. Natürlich wollte er seine neue Flamme auch nach Hause bringen, und wir waren absolut damit einverstanden, dass er zuerst uns absetzte und dann mit Monika abrauschte. Er hatte es wahnsinnig eilig. »Bis morgen, Mädels«, schrie er uns zu, und wir wünschten den beiden von Herzen ein gutes Nächtle.

Am nächsten Tag brachte der Postbote einen Brief. Ich war erstaunt. Der Absender war meine frühere Firma. Was wollten die denn von mir? Hastig öffnete ich den Umschlag. Na, so eine Überraschung. Der Personalchef suchte eine Nachfolgerin für seine Sekretärin, die gekündigt hatte, da sie ein Baby erwartete und danach nicht mehr arbeiten wollte. Ich hatte einmal in diesem Büro eine kurze Vertretung gemacht, als eine Grippewelle zwei Mitarbeiterinnen zwang, im Bett zu bleiben. Mein Chef lieh mich damals sozusagen aus. Die Arbeit in der Personalabteilung hatte mir sehr gut gefallen und ich musste wohl einen bleibenden Eindruck auf ihn gemacht haben, dass er sich nach dieser Zeit an mich erinnerte. Ob ich vielleicht Lust hätte, seine Sekretärin zu werden? Der Job würde gut bezahlt, 750,- DM im ersten Jahr! Laut seines Wissens wäre das eine beträchtliche Verbesserung hinsichtlich meiner früheren Bezüge – ich pflichtete ihm sofort bei –, und meine Schule sollte ich selbstverständlich hier zu Ende machen. Er wolle grundsätzlich wissen, ob ich danach wieder zurückkäme und an dieser Stelle interessiert sei. Eigenständigkeit und Engagement waren natürlich Voraussetzung. Falls ich aber lieber in mein ehemaliges Büro zurückwollte, so hätte er auch dafür volles Verständnis.

Mein Kopf arbeitete. Eigentlich hatte ich seit einiger Zeit ganz andere Pläne im Visier. Inge und ich trugen uns nämlich mit dem Gedanken, Stewardess zu werden. Ein Traumberuf! Wir hatten Greta kennen gelernt, ein au pair aus Island. Ihr Vater war Pilot bei der Loftleidir in Reykiawik, und diese Fluggesellschaft suchte dringend Stewardessen. Greta rührte kräftig die Werbetrommel in unserer Klasse und fand lediglich bei Inge und mir Gehör. Wir waren begeistert. Die Voraussetzungen schienen wir zu erfüllen, Englisch als Zweitsprache war kein Thema mehr für uns und auch sonst, meinte Greta, würde es keine Probleme geben. Ihr Vater wollte dafür sorgen, dass wir demnächst zu einer kurzen Vorstellung nach Reykiawik kämen. Und Greta meinte, auch dann könnten wir uns immer noch überlegen, ob das wohl der richtige Job für uns wäre. Kosten würden für uns nicht anfallen. Ganz umsonst könnten wir auf diese Weise Reykiawik kennen lernen. Das reizte uns ungemein. Die Vorstellung, in einem isländischen Flieger interessante Menschen zu bedienen, eine schicke Uniform zu tragen – wir malten uns die Zukunft rosarot aus.

»Wie sagst du es denn deinem Freund?« Ich wusste, dass Inge dieses Thema großes Kopfzerbrechen bereitete. »Keine Ahnung«, meinte sie, »er wird bestimmt schrecklich ärgerlich sein. Schließlich wartet er ja schon fast ein ganzes Jahr auf mich, und wenn ich dann noch an meine Eltern denke… Meine Mutter erklärt mich für verrückt. Die lieben den Mockel wie ihren eigenen Sohn und wollen mich so schnell wie möglich verheiratet sehen!«

So kamen jetzt schon die ersten Zweifel auf, ob wir jemals in einem Flieger als Stewardessen arbeiten würden. Für mich stand fest: Ohne Inge kam dieser Job auch für mich nicht in Frage. Wie meine Eltern reagieren würden, wusste ich. Niemals hätte meine Mutter ein Flugzeug als Arbeitsplatz für ihre Tochter akzeptiert, denn es fehlte die Bodenhaftung und eine Stewardess war in ihren Augen sowieso nur eine Kellnerin mit guten Sprachkenntnissen. Mein Vater könnte da schon eher Verständnis zeigen, aber auch er würde versuchen, mich von diesem Plan abzuhalten.

Howard war schon auf dem Weg ins Büro. Ich wollte mit ihm und Claire am Abend darüber sprechen. Natürlich fühlte ich mich geschmeichelt, dass man bei der Besetzung dieser Stelle in meiner alten Firma an mich dachte, wo es doch genügend Mädchen gab, die auf so eine Chance warteten. Meine Mutter würde aus dem Häuschen geraten. Genau das waren ja ihre Träume für mich. Ein gut bezahlter Job winkte mit Urlaubsgeld sowie Werksrente. Was wollte ich mehr?

Ich musste mit Inge reden. »Ich kann dir nur zuraten. So was kriegst du nicht alle Tage geboten«, meinte sie. »Aber das musst du schon selber entscheiden.« »Und was ist mit unserem Fliegen?« Sie schaute mich düster an. »Darüber wollte ich sowieso mit dir sprechen. Mein Vater hat heute morgen angerufen. Das käme gar nicht in Frage. Ich sollte mir die Stewardess von der Backe putzen! Aus der Traum«, sagte sie. In ihrem Alter brauchte sie noch die Einwilligung ihrer Eltern.

Auf einmal rückte Island in weite Ferne. Wie gesagt, ohne Inge wollte ich auf keinen Fall nach Reykiawik. Meine Zukunft lag wohl doch in Form dieses Briefes auf dem Tisch.

Ich liebäugelte bereits mit der Vorstellung, in einem hübschen Vorzimmer zu sitzen und weitaus wichtigere Dinge zu tun als ein Staubtuch zu schwingen. Jetzt musste ich nur noch zusehen, dass ich ein gutes Zeugnis bekäme, aber das würde schon klappen. In der letzten Zeit hatten Inge und ich fleißig in die Bücher geguckt.

Auch für Howard gab es kein Überlegen. »Wenn du so ein Angebot nicht annimmst, bist du einfach dumm. Aber ich glaube, dass du eine vernünftige Entscheidung triffst. Du bleibst uns ja noch ein paar Monate erhalten, und danach würde ich an deiner Stelle den Job dort antreten.« Claire war der gleichen Meinung. Ich setzte mich also hin und schrieb meinen Eltern all die Neuigkeiten und dass ich mich entschieden hätte, diese Stelle anzunehmen. Der Personalchef bekam ebenfalls eine Zusage. Ich war überzeugt, das Richtige getan zu haben. Der Brief meiner Eltern, den ich postwendend erhielt, war erfreulich. Ich bekam sogar eine kleine Geldsumme, damit ich mir was »Anständiges« zum Anziehen kaufen konnte. Weihnachten stand vor der Tür.

Eines Nachmittags, ich wollte gerade meine Schulsachen packen, hörte ich unten einen gellenden Schrei. Mein Herz raste. Ich lief nach draußen und sah Sara am Boden liegen, neben ihr das kleine Fahrrad. Sie blutete am Kopf und schrie wie am Spieß. Claire, die im Garten war, kam angerannt und versuchte, sie hochzuheben. Sara aber stieß mit ihren kleinen Ärmchen ihre Mutter weg und rief laut nach mir. Voller Panik rannte ich in die Küche, tränkte ein Geschirrtuch in Wasser und stürzte wieder hinaus. Nachdem ich vorsichtig ihr kleines Gesicht abwusch, stellten wir fest, dass wir mit Sara schnell ins Krankenhaus mussten. Die Wunde war tief und musste sicherlich genäht werden. Claire sah mich an. In ihren Augen war etwas Trauriges, und ich fühlte mich in dem Moment gar nicht gut. Im Krankenhaus ließ Sara tapfer alles über sich ergehen, und als wir wieder zu Hause waren, wollte sie schnellstens zu ihrem Daddy, der bereits vor der Tür stand und sie dann in seine Arme schloss. Debbie, die wir in der Zwischenzeit in Glens Obhut gelassen hatten, war von dem dicken Pflaster auf Saras Köpfchen sehr beeindruckt. Sie war froh, ihre Schwester wieder zu haben und wich nicht mehr von ihrer Seite. Sara wurde sofort ins Bett gepackt, und Kim fühlte sich verpflichtet, am Fußende seinen Platz einzunehmen und sie aus seinen bernsteinfarbenen Augen aufmerksam zu beobachten.

Ich setzte mich noch ein Weilchen ans Bett. Wo blieb Claire? Sie kam nicht nach oben. Und Sara rief nicht nach ihrer Mutter. Wie musste Claire sich fühlen? Sie tat mir so leid, und mir wäre es tausendmal lieber gewesen, wenn statt meiner Claire hier gesessen hätte. Als Sara eingeschlafen war, ging ich ins Wohnzimmer. Mir war die Sache auf den Magen geschlagen. Howard und Claire hielten in ihrem Gespräch inne, als ich eintrat. Claire musste es ihm wohl erzählt haben, denn sie kam sofort darauf zu sprechen. »Brun, ich war vorhin sehr traurig und zugegebenermaßen auch eifersüchtig auf dich. Aber ich möchte dir sagen, dass es gut ist, dich hier zu haben. Ich weiß, wie sehr Sara dich liebt. Das war vorhin mehr als ein Beweis, und...« Claire sprach nicht weiter. Wir beide hatten Tränen in den Augen und irgendwie war ich sehr erleichtert. Sie stand auf, nahm mich wortlos in den Arm und drückte mich. »Brun, wir werden dich einfach nicht gehen lassen können!«

Howard lachte. »Da du unabkömmlich bist, musst du ein weiteres Jahr bei uns bleiben.« In dem Moment hätte ich am liebsten »ja« gesagt.

Der Tag unserer Prüfung war da. Inge und ich waren in den letzten Wochen nur mit Lernen beschäftigt, und wir verbrachten die Abende damit, uns gegenseitig aus unseren Büchern Fragen zu stellen, ganze Passagen auswendig zu lernen, bis uns der Kopf rauchte. »Mach dich nicht verrückt, Brun, bleib ganz cool. Alles wird klappen, ich weiß es.« Howard drückte mir die Hand, bevor ich ging. Ich war zwar ein bisschen aufgeregt, aber doch sehr zuversichtlich. Schließlich gingen wir nicht unvorbereitet in die Prüfung.

In der Klasse saß eine jede von uns allein am Schreibtisch. Eine Aufsichtsperson ging hin und wieder durch die Reihen und vergewisserte sich mit Argusaugen, ob auch keine »Hilfsmittel« wie Dictionary oder Schmierzettel auf dem Tisch lagen. Hatten wir gar nicht nötig. Orwells »Animal Farm« kannten wir so gut wie auswendig. Die Fragen zum Buch konnte ich daher problemlos beantworten. Ich schaute zu Inge hinüber. Hoffentlich ging es ihr genauso. Sie machte einen entspannten Eindruck. Also lief alles bestens. Als nächstes war ein Aufsatz über ein kaufmännisches Thema zu schreiben. Nicht ganz so einfach, aber unser Füller flitzte über das Papier. Die Seiten füllten sich. Am Ende der Stunde gaben wir unsere Arbeit erleichtert und zufrieden ab. Die erste Hürde war geschafft.

In der Pause sahen wir Hugh vor dem Schulhof stehen. Der Gute. Er war doch tatsächlich gekommen, um uns zu zeigen, dass sein Daumendrücken helfen würde. Es war direkt schön, ihn hier zu sehen. Mit Monika schien es doch nur eine kurze Romanze gewesen zu sein. Sie erwähnte nur beiläufig, dass er ihr zu plump war. »Und so draufgängerisch. Und geizig ist er außerdem!« Das aber ließen wir nicht auf ihm sitzen. Treu und brav brachte er uns zur

Schule und häufig fuhr er uns auch wieder nach Hause, wenn er in der Gegend zu tun hatte. Ab und zu luden wir ihn zu einem Drink ein, denn irgendwie wollten wir uns revanchieren, jedoch in den meisten Fällen war er es, der bezahlte. Also, mehr konnten wir wirklich nicht verlangen. Hugh war okay! Und das bekam sie auch zu hören. Monika verzog geringschätzig ihr Gesicht. »Na, er passt auch viel besser zu euch beiden«, meinte sie, und wir fanden das eigentlich auch.

Die Pause war zu Ende. Es folgte ein Diktat über Nevil Shutes »No Highway«. Das war für uns der leichteste Teil. Im Schreiben waren Inge und ich großartig. Alles in allem konnten wir davon ausgehen, dass wir auf jeden Fall bestanden hatten. Die mündliche Prüfung sollte erst in vier Wochen sein.

Meine Schwäbin und ich hatten ein super Gefühl. Geschafft! Hugh saß schon im Café und schaute uns erwartungsvoll an. Die ganze Anspannung war wie weggeblasen. Inge und ich strahlten um die Wette. Und unser Gärtner freute sich mit uns. Es war ein guter Abschluss nach diesen anstrengenden Stunden. Nun mussten aber auch alle zu Hause wissen, wie es gelaufen war.

Als ich durch die Hintertür ins Haus trat, stellte ich mit Freude fest, dass Claire sich sogar zur Feier des Tages den Bügelkorb vorgenommen hatte, und die Küche war bereits aufgeräumt. Kein schmutziges Geschirr stand herum. Ich freute mich ungemein. Sie konnte ja richtig nett sein.

»Na, dann haben wir ja Grund, heute Abend ein Gläschen Sekt zu trinken.« Howard zwinkerte mir zu. Ob er vielleicht wusste, dass Inge und ich an jenem Abend so ein Saufgelage hatten? Zwar hatte ich sofort die Flasche Rotwein für die Bar erneuert, aber das Defizit im Likörbereich war ihm bestimmt aufgefallen. Wenn er wüsste, wie schrecklich diese Nacht für mich gewesen war.

Howard schaute mich bedeutungsvoll an.

»Wenn du die Prüfung bestanden hast – und davon gehen wir ja doch aus –, kannst du dir etwas wünschen. Nicht gerade einen Rolls-Royce«, – er machte seine üblichen Scherze und rollte mit den Augen. »Aber dir wird schon etwas einfallen.« Während ich Sara und Debbie in die Badewanne steckte, kam mir die Idee. Ich wollte unbedingt mit Inge nach London. Wir hatten oft darüber gesprochen. Man musste schließlich die Hauptstadt gesehen haben, wenn man schon mal im Lande war. Das war's. Ein paar Tage könnten die beiden ganz gut auf mich verzichten, und Inge hätte bestimmt auch kein Problem damit, frei zu bekommen. Das halbe Badezimmer war unter Wasser. Kim liebte es, mit den Vorderpfoten an der Wanne zu kleben, während Debbie zärtlich Seifenschaum auf seine weiße Schnauze strich. Ich hatte vorher noch keinen Hund gesehen, der gern mit Wasser in Berührung kam, aber Kim war sowieso ein seltenes Exemplar, so dass mich bei ihm gar nichts wunderte. Er begleitete meine gut duftenden Kinder in ihre Zimmer, um ebenfalls der allabendlichen Gute -Nacht- Geschichte zu lauschen.

Danach folgte ein netter Abend im dining-room. Howard entkorkte eine Flasche Sekt, und wir stießen auf meine Prüfung an. Ich wollte gleich zur Sache kommen, lieber nicht warten. »Wenn ich ein paar Tage frei bekäme, würde ich mir gern London ansehen. Das wäre mein Wunsch an euch.« Howard fand das echt gut. »Wir hatten schon überlegt, ob wir nicht mal alle zusammen hinfahren. Was meinst du? Ich könnte es mit einem Geschäftsbesuch zusammenlegen. In ein paar Wochen muss ich sowieso nach London. Den

Kids würde es auch gefallen.« Mit der ganzen Familie loszudüsen, entsprach allerdings nicht meiner Vorstellung. Ich sah mich schon mit Claire und den Kindern durch Harrods rasen, Claires diverse Shoppingtüten tragen, und ich konnte mir gut vorstellen, dass Sara und Debbie beim Besuch von Museen sich zu kleinen Monstern verwandeln würden. Kleine Mädchen wollten lieber einen Spielzeugladen besuchen als die National Gallery.

Natürlich war Claire von Howards Vorschlag angetan. Meine Begeisterung hielt sich dagegen sehr in Grenzen. »Es tut mir leid, aber eigentlich wollten Inge und ich zusammen nach London fahren, bevor wir nach Deutschland zurückkehren. Ich glaube, um diese Jahreszeit ist es sicherlich sehr schön dort.« Ein bisschen peinlich war es mir schon, den Vorschlag von Howard abzulehnen.

Zu meiner Erleichterung war er kein bisschen enttäuscht. Claire dagegen setzte den mir bekannten Märtyrerblick auf. »Brun, wie lange dachtest du denn wegzubleiben?« »Wenn möglich drei Tage«, sagte ich »Es gibt ja unheimlich viel zu sehen. Wäre das okay?« Claire schluckte heftig. »Für die Kids wäre London sicher auch ein tolles Erlebnis. Schade, wir hätten dir sehr viel zeigen können.« Sie blickte mich fast ein wenig vorwurfsvoll an. »Nicht wahr, Howard?« Aber Howard meinte es sehr gut mit mir. »Ich glaube, du hast recht, Brun. Du solltest wirklich mit Inge allein fahren. Die Kinder sind eigentlich für Stadtbesichtigungen noch zu klein. Macht euch eine schöne Zeit. Es wird bestimmt großartig.« Daraufhin versuchte Claire vergeblich, eine gönnerhafte Miene auf ihr Gesicht zu kriegen. Danke, Howard. Du bist einfach super.

Am nächsten Tag lief ich gleich zu Inge rüber. »Was hältst du davon, wenn wir nächste Woche unsere Sachen packen und uns London ansehen?« Inge war begeistert, ging sofort zu Mrs. Chadwick und bekam drei freie Tage.

Wie wir vermuteten, hatte sie keinerlei Einwände. Dann stand uns ja nichts mehr im Weg.

In unserer Klasse sprach es sich sehr schnell herum, dass wir nach London fahren würden. Die meisten waren schon ziemlich neidisch, denn nicht alle Gastfamilien zeigten sich von so einer großzügigen Seite. In der Pause kam Ingrid, ein au pair aus Stuttgart, zu uns. Inge und sie hatten wenig Kontakt, obwohl sie beide aus dem Schwabenland kamen. Ingrid musste in den letzten Monaten schon zweimal die Familie wechseln. Sie hatte »die Schnauze voll«. Wir bedauerten sie wirklich, denn die Sachen, die sie uns erzählte, ließen unsere Nackenhaare aufrichten. Sie musste ziemlich viel arbeiten und das Schlimmste war, dass ihr kein eigenes Zimmer zur Verfügung stand, sondern sie teilte sich eins mit dem Kind der Gastfamilie. Der Kühlschrank war fast immer leer, was ja nun wirklich ein Grund war, sie zu bedauern. Dann platzte ihr aber der Kragen. Sie packte Hals über Kopf ihre Sachen, kam für eine Woche bei einem au pair aus Schweden unter und suchte sich eine neue Stelle.

Leider war diese Familie auch nicht viel besser. Ihr Kämmerchen – Zimmer konnte man das nicht nennen – war schon eher ein Bügelraum, und sie musste auf drei wilde Jungen aufpassen, so dass sie am Abend nur noch in ihr Bett wollte. Was hatten wir mit unseren Familien für Glück! Ich wäre an ihrer Stelle sofort nach Deutschland abgerauscht.

Die liebe Ingrid hatte eine Super Idee. In der Nähe von Windsor Castle wohnte ihre Cousine, mit der sie sich in der nächsten Zeit sowieso treffen wollte. Sie hoffte, ein paar Wochen bei ihr unterzukommen, bis sie eine neue au pair-Stelle gefunden hatte. »Hier bleibe ich auf keinen Fall. Ich bin nur ausgenutzt worden und das lass ich mir nicht länger gefallen.« Ingrid war wütend, und wir gaben ihr völlig recht. Ich hätte höchstwahrscheinlich schon nach der ersten Pleite meine Koffer gepackt und die Heimreise angetreten.

Also wollte sie das Nützliche mit dem Angenehmen verbinden und mit uns nach London kommen. Im Rahmen unserer Sparmaßnahmen konnten wir statt des geplanten Zweibett- ein Dreibettzimmer reservieren lassen. Die Idee gefiel uns ausgezeichnet. »Dorothea wird sich bestimmt freuen. Vielleicht hat sie Zeit und spielt für uns den Fremdenführer. Sie hat auch mal als au pair in London gearbeitet. Fragen könnte ich sie, schließlich bin ich ihre Lieblingscousine.« Das glaubten wir ihr aufs Wort. Wir waren schon sehr gespannt auf diese Frau.

Inge kam am Vorabend mit einem stattlichen Paket unter dem Arm zu mir herüber. »Von meiner Mutter.« Stolz präsentierte sie drei große Dosen Maultaschen, ein paar Tafeln Schokolade und zu guter Letzt hob sie einen Stein aus dem Papier. »Was ist denn das?« Ich schaute betroffen auf den schwarzen Batzen. »Das ist Schwarzbrot. Das hab ich mir gewünscht. Aber das Paket war zu lange unterwegs. Jetzt ist es leider verdammt hart.« »Sehr schade«, meinte ich. »Aber da kriegen wir auch nicht die kleinste Scheibe ab. Da geht gar kein Messer durch, und reinbeißen würde ich auch nicht. Ich denk da an meine Zähne! Schweren Herzens legte Inge den Stein auf den Tisch. »Damit kann ich ja noch nicht mal die Vögel füttern! Na ja, wenigstens die Dosen sind in Ordnung.« »Und wenn wir dort nicht die Küche benutzen dürfen?«, wandte ich ein. Inge sah mich an. »Wir lassen heißes Wasser aus dem Kran drüber laufen. Das ist genau so gut, wie wenn wir das Zeug im Topf kochen.«

Am nächsten Tag brachte uns Howard auf dem Weg in sein Büro zur Bus-Station nach Birmingham. Der Abschied von Sara und Debbie gestaltete sich dramatisch. Sara hing an meiner Jacke und brüllte. Sie wollte unbedingt mit. Was sollte das erst werden, wenn ich mit meinen Koffern für immer aus diesem Hause gehen würde? Das machte mir richtig Angst. »Mummy macht mit euch ein schönes Picknick«, versprach ihnen Claire, und ich sprang schnell in den Wagen. Nun lastete eine Drei-Tages-Arbeit auf ihrem zarten Rücken. Weit und breit war keine Putzhilfe in Sicht. Sie würde mich am meisten vermissen. Ich konnte es kaum erwarten, loszufahren.

Endlich saßen wir alle drei im Bus. Wir hatten uns so viel zu erzählen, und die drei Stunden Fahrt waren im Nu um. Wir gingen als erstes zur Gepäckaufbewahrung. Dort verstauten wir unsere Reisetaschen und machten uns auf den Weg. Laut Howards Plan sollten wir uns den Wechsel der »Guards« im Buckingham Palace anschauen. Dort angekommen, kämpften wir uns ziemlich dreist durch die vielen Menschen und ergatterten einen hervorragenden Platz in der ersten Reihe.

Das sollte ein Palast sein? Ich war enttäuscht. Alles wirkte grau in grau. Und hier wohnte also die königliche Familie. Da gefiel mir unser Haus mit den roten Backsteinen und dem hübschen Vorgarten dreimal besser. Ob wir vielleicht die Queen zu Gesicht bekommen würden? Die königliche Standarte wehte jedenfalls am Mast, also hielt sie sich in London auf. Vielleicht stand sie schon hinter einem der vielen Fenster und freute sich, dass sich all die Menschen wünschten, einen Blick auf sie zu erhaschen. Ich hielt den

Finger auf den Auslöser meines Fotoapparates. Doch nichts bewegte sich hinter den Fenstern. Wenigstens auf dem Platz tat sich etwas. Jetzt beobachteten wir das Aufziehen der Wache. Die armen Kerle mit den schwarzen Bärenfellmützen und der roten Uniform boten einen großartigen Anblick. Trotzdem bedauerte ich sie, denn die Last auf ihren Köpfen musste schwer sein.

Weiter ging es zum Tower, wo die wunderschönen und wahnsinnig wertvollen Kronjuwelen der Queen hinter sicherem Panzerglas lagen. Gott, was waren das für Schätze. Allein die Besucher, die täglich kamen, um sie zu bestaunen, ließen eine Menge Geld dort.

Sightseeing macht hungrig. Wir holten unsere Sachen aus der Gepäckaufbewahrung und fuhren mit der U-Bahn zum YWCA. Unser Dreibett-Zimmer war sehr sauber, aber ziemlich spartanisch. Es gab nur einen großen Schrank, einen Tisch und drei Stühle. Aber für den Preis konnte man keinen Luxus erwarten. Das breakfast, ließen wir uns sagen, sollte astrein sein. Und das war das Wichtigste. Inge holte zwei der Maultaschendosen heraus und hielt sie unter den Wasserkran. Sie musste viel Geduld aufbringen, denn das Wasser wurde nicht sehr heiß. Dann aber machten wir uns über den Inhalt her. Unsere guten Manieren kehrten wir unter den wackeligen Tisch und schlemmten direkt aus der Dose.

Einfach köstlich!

Nachdem wir uns ein wenig ausgeruht hatten, machten wir uns wieder auf den Weg zur U-Bahn. Wir wollten in Madame Tussaud's Wachsfigurenkabinett, von dem wir so viel gehört hatten. Was wir nun sahen, beeindruckte uns schwer. Alles war hier vertreten: Kaiser und Könige, Päpste und Dichter, Sportler und Politiker. Ich entdeckte John F.

Kennedy, den jungen amerikanischen Präsidenten und damaligen Schwarm aller Frauen, der vor wenigen Jahren ermordet worden war. Auch Lee Harwey Oswald, sein Mörder, hatte dort seinen Platz. Die Kammer des Schreckens war Furcht einflößend. Wir sahen Marie Antoinette, Berry, den Henker, Caryl Chessman und viele andere, die durch Mord und Totschlag bekannt wurden und sich daher auch einen Platz bei Madame Tussaud gesichert hatten. Obwohl wir wussten, dass all dies nur Figuren aus Wachs waren, lief es uns eiskalt den Rücken herunter.

Wir entspannten uns anschließend bei einem Bummel durch die Regent Street und landeten zum Schluss in Soho, wo wir ein gemütliches Bistro entdeckten und uns das zweite kleine Frühstück bestellten. Der Magen musste schließlich etwas zu arbeiten haben! Danach mussten wir noch Trafalgar Square in diesen Tag hineinpacken. Mitten auf dem Platz steht die berühmte Nelson-Säule mit den gewaltigen Steinlöwen und dem wunderschönen Springbrunnen. Unzählige Tauben tummelten sich dort, die einen ziemlich überfütterten Eindruck auf uns machten.

Dann warfen wir noch einen Blick in die National Galerie, die sich in unmittelbarer Nähe befand. Dieses Kunstmuseum beherbergt eine der umfassendsten und größten Gemäldesammlungen der Welt. Es zeigt großartige Meisterwerke vom 13. bis 19. Jahrhundert. Vor den Bildern bedeutender Maler wie Michelangelo, da Vinci, Monet und Renoir blieben wir stehen, um sie andächtig zu betrachten. Man hätte mehrere Tage gebraucht, um wenigstens einen Teil dieser Kunstschätze zu sehen. Aber leider fehlte uns die Zeit. Immerhin bekamen wir einen kleinen Überblick. Zu unserer großen Freude war der Eintritt frei. Was hatten wir heute an Bildung geschluckt!

Auf dem Weg zum YWCA kauften wir uns Fish and Chips und begaben uns mit müden Knochen in unser Zimmer. Ingrid holte aus ihrer Reisetasche eine Flasche Weißwein und hatte sogar an Pappbecher gedacht. Es schmeckte köstlich und der Wein ließ uns schon nach kurzer Zeit in die Federn sinken.

Am nächsten Morgen wollte uns Ingrids Cousine abholen. Dann waren wir wenigstens ausgeschlafen.

Nach einem reichhaltigen Frühstück warteten wir auf den Anruf von Dorothea. Pünktlich um 9 Uhr meldete sie sich. Sie wollte in einer halben Stunde da sein.

Dann kam sie mit ihrem kleinen Auto vorgefahren. Ingrid freute sich, sie nach langer Zeit wieder zu sehen. Sie musste Mitte dreißig sein. Das schicke blaue Kostüm betonte sehr vorteilhaft ihre schlanke Figur. »Die Glückliche braucht nichts zu kaschieren«, dachte ich ein klein wenig neidvoll. Auch Inge schien die selben Gedanken zu haben. Sie musterte intensiv Dorothea, die unsere bewundernden Blicke sichtlich genoss.

»Na, was haltet ihr von einer kurzen Sightseeing-Tour durch London? Ich habe mir heute frei genommen.« Sie schaute uns fragend an. Natürlich waren wir hellauf begeistert und los ging's.

Vom Auto aus sahen wir Big Ben. Es ging weiter zu den Houses of Parliament. Diese Gebäude wollten wir auch von innen sehen, und da die hohen Regierungsbeamten nicht tagten, durften wir hinein. Der Eintritt war zu unserer Freude frei.

Da Westminster Abbey nicht weit entfernt war, besuchten wir auch noch diesen historischen Ort, wo fast alle englischen Könige gekrönt wurden und wo sich das Grab des unbekannten Soldaten befindet. Es war schon sehr beeindruckend, was es alles zu sehen gab. Die Zeit lief so schnell, und langsam meldete sich unser Magen.

Dorothea kannte ein gemütliches »Dutch«-Restaurant, wo uns schon von den Gerüchen das Wasser im Munde zusammenlief. Wir bestellten Steak mit Kidney Pie und Bohnen. Zur Krönung gönnten wir uns abschließend einen wunderbaren apple-pie mit Sahne. Nichts gegen die Maultaschen, aber wir wollten heute keine Dosen sehen. Dorothea winkte dem Kellner. Wir konnten unsere Freude kaum fassen, sie zahlte die komplette Rechnung. Was für eine Frau! »Jetzt liegen wir dir auch noch auf der Tasche.« Ingrid erhob ganz schwachen Protest, aber Dorothea meinte nur, dass es ihr ein Vergnügen sei, uns drei so zufrieden und satt zu sehen. »Die meisten au pairs haben Geldsorgen«, meinte sie, »ich weiß genau, wie schön es ist, eingeladen zu werden.« Wir schauten uns an. So ein Super Weib! »Aber dafür revanchieren wir uns mit einem Kaffee!« Es kam aus unser dreier Munde. Dagegen hatte Dorothea nichts einzuwenden.

»So, wenn wir uns beeilen, könnten wir noch einen kurzen Trip nach Windsor machen.« Dorothea war nicht zu müde, uns dorthin zu kutschieren. Es waren immerhin fast 35 km zu fahren. Unterwegs bekam Ingrid heftige Magenkrämpfe. Ihr ansonsten rosiges Gesicht hatte eine fahle Farbe angenommen. »Mir ist sauschlecht. Halt schnell an, ich muss brechen!«

Gerade noch rechtzeitig stoppte Dorothea das Auto am Straßenrand, und ich presste Ingrid eine Plastiktüte vor den Mund, in die sie das wundervolle Essen samt Dessert ausspuckte. Sie war weiß wie die Wand und kroch vorsichtig aus dem Wagen, um frische Luft zu schnappen.

Irgendetwas musste sie nicht vertragen haben. Gut, dass unsere Mägen nicht so empfindlich reagierten. Wir hatten doch schließlich alle das gleiche gegessen. Anschließend kauerte sich unsere blasse Ingrid still in ihren Sitz, und wir riskierten die Weiterfahrt. Dorothea warf uns allen vermehrt prüfende Blicke zu und blieb vorsorglich auf der linken Spur. Sie brauchte nicht mehr anzuhalten.

Das Schloss Windsor steht auf einem Kreidehügel an der Themse und liegt in einer umwerfend schönen Landschaft, umgeben von viel Wald. Sehr viel Zeit für eine Besichtigung hatten wir nicht gerade, aber was wir sahen, verschlug uns die Sprache. Die prunkvollen Zimmer, die Säle mit ihren gemalten Deckenfresken, sie waren einfach herrlich, voll von wertvollen Kunstschätzen, Möbeln, Teppichen. Um dieses fantastische Schloss mit all seinen Kostbarkeiten ein wenig kennen zu lernen, würde man Wochen brauchen. Wir bekamen Bilder von Rembrandt, Rubens, Dürer – um nur ein paar aufzuzählen –, zu sehen. So viele Reichtümer, die sich im Laufe der Jahrhunderte dort angesammelt hatten. Das war Luxus pur. Hier lebt also zeitweilig die königliche Familie. Das Schloss ist nicht weit von London entfernt, also ein idealer zweiter Wohnsitz für die Royals. Sollte man sie beneiden? Oder war es nicht vielleicht doch besser, als Durchschnittsmensch geboren zu sein?

Zur Krönung unseres letzten Abends gingen wir ins Theater in der Drury Lane und schauten uns das Musical »Camelot« an.

Wir begnügten uns mit billigen Plätzen und zahlten pro Karte 6 Shilling. Die Vorstellung war ausverkauft, die Darsteller in ihren super Kostümen brillant, und der Vorhang wurde am Ende wieder und wieder geöffnet. Die Aufführung war einfach toll. In einem kleinen chinesischen Restaurant ließen wir unsere letzten Shillinge und gönnten uns ein preiswertes Menü. Was waren das für erlebnisreiche Tage! Dorothea hatte sehr viel dazu beigetragen, uns diese Zeit so schön wie möglich zu gestalten.

Claire freute sich am meisten, mich wieder zu sehen. Sie wurde direkt nach meiner Abfahrt krank und lag mit einer dicken Erkältung im Bett. Immer noch war sie heiser und machte einen sehr schlappen Eindruck. »Ich kam gar nicht dazu die Wäsche wegzubügeln.« Sie deutete auf einen beachtlich prall gefüllten Korb. »Kaum warst du weg, kam der schreckliche Schnupfen wie angeflogen.« Ihr Krächzen klang glaubhaft. Ich nahm ihr das sofort ab. »Howard hat sich nachmittags frei genommen, um wenigstens die Kinder zu versorgen.« Hörte ich da einen vorwurfsvollen Ton in ihrer Stimme? Da hatte sie ein au pair, und wenn sie es dringend braucht, macht sich die Hilfe ein paar schöne Tage in London. Nun war ich ja wieder da, gut gelaunt und ausgeruht, und die Wäsche machte mir nichts aus.

Meine Eltern wussten noch nichts vom Verlauf meiner Prüfung. Sie waren sicher schon ganz gespannt, und ich wollte sie nicht länger warten lassen. Am nächsten Morgen ging ich zur Post und wählte die Nummer unseres Nachbarn, der als einziger im Haus meiner Eltern ein Telefon hatte. Er war so nett, meine Mutter zu holen, und ich konnte nach langer Zeit ihre Stimme wieder hören.

Sie war so glücklich und froh, und plötzlich bekam ich ganz starke Sehnsucht nach ihr und meinen Geschwistern. »Mein Hildchen« – äh? – richtig, das war ich –, »Weihnachten wirst du ja nicht bei uns sein, aber wir zählen schon die Tage, bis du wiederkommst. Du glaubst ja gar nicht, wie sehr sich alle auf dich freuen! Und jetzt sag, hast du deine Prüfung bestanden?« Ich versicherte ihr, dass der erste Teil sehr gut gelaufen war, und ich wohl kaum ein Problem bei der mündlichen bekommen würde. »Das werde ich gleich Papa erzählen, aber lass dir bloß alles schriftlich geben!« Ich wusste, dass dieser Satz kommen würde. »Jetzt machen wir besser Schluss, sonst wird das zu teuer für dich. Und, Hildchen, pass auf dich auf.« (Grrr – gewöhn dich dran, Brun!) »Hast du auch immer was auf dem Kopf?« »Na klar«, rief ich in den Hörer und vermisste meine Mütze. Dann hörte ich nur noch das Besetztzeichen. Meine besorgte süße kleine Mama! Nach diesem Gespräch mit ihr hatte ich richtig gute Laune.

Die Wochen vergingen wie im Flug. Inge und ich saßen im Flur unserer Schule und warteten darauf, aufgerufen zu werden. Endspurt heute, die mündliche Prüfung. Eine nette ältere Dame winkte zuerst Inge herein. Ich schaute auf die Uhr. Nach einer guten halben Stunde kam sie heraus. Mit dem Daumen nach oben! »Ich sag dir, kinderleicht«, flüsterte sie mir zu, und dann wurde ich auch schon aufgerufen.

Es war eine absolut entspannte Unterhaltung. Ich sollte über meine Familie in Deutschland erzählen, über meinen Job im Büro, und zu guter Letzt wollte die nette Dame wissen, warum ich nach England gekommen war. Ich glaube, sie freute sich, dass ich so viel Positives über meine Gastfamilie berichten konnte, und sie fand es sehr spannend, als ich ihr sagte, dass meine Zeit hier eine der schönsten in meinem Leben war. »Eine nette Konversation«, fand sie und schüttelte mir herzlich die Hand. Ich wusste, unsere Prüfung war mit Sicherheit gut gelaufen.

Inge hatte das gleiche Gefühl. Nun war Geduld angesagt, denn das heiß ersehnte Zertifikat würden wir erst am Ende des Jahres erhalten. Also musste uns die Schulleitung unser Zeugnis auf dem Postweg nach Deutschland zukommen lassen. Egal, die Hauptsache war doch, dass wir das Papierchen bald in unseren Händen halten würden. »Ohne Fleiß kein Preis!« Ein Lieblingssprichwort meines Papas. Jawohl, Daddy, du hast recht!

Eines Morgens stieß Claire beim Zeitung lesen auf eine Annonce. Ein französisches Mädchen suchte eine au pair-Stelle, gleich für den Beginn des neuen Jahres. Da sie sich zur Zeit bei Freunden in Birmingham aufhielt, wollte sie diese Gelegenheit nutzen und sich einen Job suchen. Claire wurde hellhörig. Die Französin beschrieb sich als sehr tier- und kinderlieb und bevorzugte eine Familie, die in einer Kleinstadt wohnte. Claire schaute mich erwartungsvoll an. »Was meinst du? Wäre das was für uns?« Mir war auf einmal ganz flau in der Magengegend. Meine beiden kleinen Mädchen würde bald jemand anders zu Bett bringen und ihnen Geschichten vorlesen. Dieser Gedanke machte mich richtig traurig. Ich nickte und meinte, das höre sich ganz gut an. So würde ich wenigstens die Gelegenheit haben, das Mädchen vor meiner Abreise kennen zu lernen. »Ich ruf sie einfach mal an.« Claire ging zum Telefon. Gespannt wartete ich darauf, was sie gleich erzählen würde. Nach einer Viertelstunde legte sie endlich den Hörer auf die Gabel. »Ich muss sagen, Brun, ich bin beeindruckt.« Claire war begeistert. »Sie heißt Mona und spricht ausgezeichnet Englisch.« Also keine anfänglichen Sprachschwierigkeiten wie bei mir. Das war natürlich ein großer Pluspunkt. »Und, wann kommt sie her?« »Sie wird am Samstag vorbeischauen. Dann werden wir ja sehen, wie sie so ist.«

Irgendwie hatte ich einen Kloß im Hals. Wie schnell war doch das Jahr vergangen. Nun würde diese Fremde bald in mein geliebtes Zimmer ziehen, in meinem schönen breiten Bett schlafen. Dieser Gedanke machte mich irgendwie traurig. Ich kannte meine »Nachfolgerin« noch gar nicht und war schon eifersüchtig auf sie. Und meine kleine Sara – mir war ganz übel, wenn ich mir vorstellte, dass **sie** dann all die vielen kleinen Küsse bekommen würde, auf die ich mich doch jeden Morgen so freute. Debbie, dieser kleine Giftzwerg, war auch so anhänglich geworden. Ich liebte die beiden so sehr, und auch Claire und Howard, auch sie würde ich vermissen. Sie alle hatten mich immer spüren lassen, dass sie mich gerne hatten. Kim, auch ihn hatte ich in mein Herz geschlossen. Was sollte das nur werden?

Vorsichtig brachten wir Sara und Debbie bei, dass sich ein neues Kindermädchen vorstellen würde. Die beiden schauten mich mit großen Augen an. »Brun, wenn du weggehst, dann geh ich mit.« Saras blaue Augen füllten sich mit Tränen. Ich nahm sie zärtlich in den Arm. »Schau mal, genau das hast du auch vor einem Jahr zu Sigrid gesagt, und jetzt weißt du gar nicht mehr, wie Sigrid aussieht.« Das war kein guter Trost. Sara heulte los. Und Debbie heulte mit. Claire drückte beide an sich. »Wenn sie euch nicht gefällt, dann suchen wir so lange, bis wir eine ganz nette Nanny finden. Das verspreche ich euch!«

Und dann tat Claire plötzlich ganz geheimnisvoll. »Ich muss euch etwas sagen, etwas Wunderschönes.« Sofort war der Tränenfluss gestillt und die Kinder schauten ihre Mom gespannt an. Ich nicht minder! Claire holte tief Luft. »Meine Süßen, ich war heute bei Dr. Grey, und nun ist es ganz sicher. Ich bekomme ein Baby, ihr kriegt ein Geschwisterchen. Ist das keine Überraschung?« Ich war platt. Natürlich, in den letzten Wochen ist sie etwas fülliger geworden, und ein paar Mal war ihr morgens schlecht und sie ist schnell aufs Klo gerannt. Dass ich da nicht drauf gekommen bin. »Das ist ja toll«, gab ich zur Antwort und dachte daran, dass ich dann längst wieder in Deutschland sein würde und das Baby gar nicht zu sehen bekäme. Sara und Debbie bekamen große Augen. Diese Mitteilung ließ sie ganz schnell das Gespräch über Mona vergessen. »Ein Baby!« Sara strahlte. »Mummy, sag dem Klapperstorch, dass er einen Bruder bringen soll.« »Nein, Sara«, rief Debbie, »er soll eine Schwester bringen. Ein Bruder mag keine Barbie-Puppen. Er macht sie kaputt. Das weiß ich von Susan. Er hat ihr sogar schon Haare ausgerissen! Dabei ist ihr Bruder viel kleiner als sie.« Sara war sichtlich beeindruckt. »Wo wird das neue Baby wohnen, Mom?« »In meinem Zimmer darf nur Kim schlafen.« Das war wieder einmal typisch Debbie. »Gut, dann zieh ich zu Brun«, rief Sara und kletterte sofort auf meinen Schoß.

»Aber Kinder, wir haben noch ganz viel Zeit, bis euer Geschwisterchen da ist.« Claire lachte und sah mich fröhlich an. Ich hatte sie selten so entspannt gesehen. »Euer Daddy kommt gleich nach Hause. Er wird sich ganz toll freuen, wenn er von dem Baby hört. Wollt ihr es ihm sagen?« Sofort liefen die beiden aus dem Zimmer und nahmen vor dem Haus Wartestellung ein.

Ich konnte es kaum erwarten, Inge von dem Zuwachs zu berichten. »Du kannst froh sein, dass du bald nach Hause fährst. Stell dir mal die viele Arbeit vor. Denk mal, wie oft so ein Baby in die Windeln macht und niemand anders als du würde sie waschen müssen! Und dann das Geschrei in der Nacht. Die Neue ist direkt bedauernswert!« Von der Seite hatte ich die Dinge noch gar nicht betrachtet. Vielleicht war es doch nicht so schlecht, bald wieder auf einem Bürostuhl zu sitzen.

Am Abend stießen wir auf die werdende Mutter an. Howard war außer sich vor Freude. »Aber nun muss ein Sohn her. Drei Weiber reichen mir voll und ganz.« Liebevoll streichelte er Claires Bauch und ich fand, dass sie wirklich sehr gut zusammenpassten, die beiden. Claire nahm sich vor, die Schwangerschaft ruhig angehen zu lassen. »Ich habe Dr. Grey versprochen, mich zu schonen, keinerlei Hektik, keinen Stress.« Dieses Versprechen würde sie selbstverständlich eisern einhalten. Aber wie das funktionieren sollte, konnte ich mir momentan nicht vorstellen. In der Küche lagen überall Einkaufslisten herum und Weihnachten war nicht mehr fern.

Zu den Festtagen wollte Howards Mutter aus Toronto kommen, eine zierliche und lebhafte kleine Dame Ende der Sechzig, die ich bei der Beerdigung von Richard kennen gelernt hatte. Mrs. Sullivan hatte eine Vorliebe für Miniröcke, was mich ziemlich schockierte, denn immerhin war sie nicht mehr ganz so taufrisch. Ihre etwas spärliche Haartracht trug sie kurz und lockig. Sie liebte Bänder, die sie in vielen Farben passend zum Outfit um den Kopf wickelte. Ihre Schühchen hatten Pfennigabsätze, und sie trug diese Dinger offensichtlich ohne Mühen und Schwielen. Meine Bewunderung hatte sie, denn solche Strapazen konnte ich meinen Füßen überhaupt nicht zumuten. Schon nach 10 Minuten wären sie in bequemen Puschen gelandet. Ihr Make up war, wie bei den meisten Engländerinnen, ziemlich auffällig. Die Wangen von Mrs. Sullivan glühten stets in einem kräftigen Rot, und der eye shadow war genau passend auf ihre Kleidung abgestimmt. Sie musste eine Menge Farbtöpfe besitzen. Ständig hatte sie eine Zigarette im Mundwinkel kleben, die sie auch beim Sprechen nicht herausnahm. Ich war beeindruckt von der tiefen Stimme, mit der sie zu mir »Dear« sagte. Eben eine Raucherstimme. Was hätte meine Mutter ungläubig geguckt. Sie wäre von einer Ohnmacht in die nächste gefallen. Nach der Beerdigung im Juli hatte mir Mrs. Sullivan hübsche Taschentücher geschenkt, in denen eine 2-Pfund-Note versteckt war. Als ich mich bei ihr bedankte, sagte sie mit dunkler Stimme: »Dear, du hast so viel gearbeitet. Das hast du dir wirklich verdient!« Ich war gerührt über so viel Aufmerksamkeit und schloss sie sofort in mein Herz. Vielleicht würde ich ihr zu Weihnachten eine hübsche Haarschleife schenken. In violetter Farbe. Claire fand die Idee sehr gut.

Wie ich von Howard hörte, verbrachte seine Mutter viele Monate bei ihrem zweiten Sohn in Toronto und ansonsten lebte sie in Manchester, wo sie ein großes Haus besaß. Zu Christmas wollte sie in Solihull sein, denn ihre Enkel liebten Grandma sehr, und außerdem war ihre einzige Tochter Heather ja nun Witwe, die an einem sentimentalen Fest wie Weihnachten sicherlich besonderer Zuneigung bedurfte. Howard wollte einen Riesen-Turkey braten, und mir lief bei dem Gedanken an diesen Vogel das Wasser im Munde zusammen. Mein Gewicht hatte sich gehalten. Ich schaffte es seit ein paar Wochen, allem Süßen zu widerstehen, denn ich wollte nicht als eine Matrone in meinem neuen Büro erscheinen. Schlank war ich gegangen, und schlank wollte ich mich wieder präsentieren. Howard brachte zu meiner großen Freude eine Menge Übersetzungsarbeit mit nach Hause, die mein knappes Taschengeld beträchtlich aufbes-serte. Ich wollte ja auch jedem in der Familie ein Geschenk machen und war für diese Geldquelle sehr dankbar.

Am Samstag klingelte es pünktlich. Wir hatten den Tisch nett gedeckt und waren sehr gespannt auf Mona. Sara und Debbie sahen ganz süß aus in ihren Kleidchen. Claire hatte darauf bestanden, dass sie etwas Hübsches anhatten, damit Mona gleich einen guten Eindruck von ihnen bekam. Claire stürzte zur Tür, um zu öffnen. Sara und Debbie rannten neugierig hinter ihr her. Ich war äußerst gespannt auf die Französin und erwartete ein schlankes Wesen mit schönen langen Haaren und roten Fingernägeln. Aber ich irrte mich. Ein junges Mädchen mit einem frischem Teint und einer flotten Kurzhaarfrisur stand vor mir. Sie trug ein grasgrünes Kostüm. Der Minirock war ziemlich gewagt. Die Oberschenkel ließen auf einige Fettdellen schließen, die sich durch den dünnen Stoff abzeichneten und ich schätzte mit Kennerblick ihre Kleidergröße auf mindestens 44. Sie war nicht größer als 1,65 m. Also meiner Meinung nach hatte sie ordentliche Figurprobleme. Genau wie einst bei mir, dachte ich entzückt. Nachdem wir uns gesetzt hatten, schielte Mona auffällig nach den Keksen. So was von sympathisch! Sara kletterte auf meinen Schoß, während Debbie mit Kim auf der Bank saß und dieses Mädchen, das vielleicht bald hier wohnen würde, anstarrte. Mona hatte keine Sprachschwierigkeiten. Sie war schon vor einem halben Jahr nach England gekommen und wollte auf jeden Fall noch ein weiteres Jahr bleiben, um das Higher Examination zu machen. Anschließend hatte sie vor, nach Wales zu gehen, um dort ein Studium anzufangen. Na, das waren ja wohl tolle Pläne. Ich war ganz beeindruckt. Sie lächelte gewinnend in die Teerunde, und Claire lächelte gewinnend zurück.

»Wir bekommen bald ein Baby.« Debbie verkündete diese Neuigkeit bereits nach ein paar Minuten und Mona verschluckte sich am Keks. Sie schaute intensiv auf Claires Bauch. Und dann kam die Frage nach der Putzfrau. »Für mich ist es wichtig, dass ich auf keinen Fall mehr als 5 Stunden täglich zu arbeiten habe. Ich brauche viel Zeit zum Lernen.« Das war Faktum und saß. Ich befürchtete schon eine Fehlgeburt. Claire fing an zu stottern. »Ähm, bisher kamen wir ohne eine weitere Hilfe aus. Brun und ich hatten keine Probleme, nicht wahr, Brun?« Mona schaute mich prüfend an. Ich nickte zustimmend. Auch wenn täglich die 5-Stunden-Arbeitszeit wesentlich überschritten wurde – ich hatte mich daran gewöhnt und war mit Claires zeitweiliger Assistenz in Haus und Garten ganz zufrieden. »Es geht mir hauptsächlich um die grobe Hausarbeit. Mit Kindern hab ich keine Schwierigkeiten.« Mona schaute versonnen auf ihre Fingernägel. Schön sahen sie aus, rot lackiert und sehr gepflegt. Ich versteckte meine Hände schnell unter dem Tisch. Da ich nie Handschuhe trug, waren sie nicht gerade ein Paradebeispiel an Schönheit. Und ich vergaß auch jedes Mal, sie einzucremen.

»Das lässt sich arrangieren. Für die grobe Hausarbeit werden wir ja doch wohl in Zukunft eine Hilfe haben müssen, denn mit dem Baby wird es ohnehin stressig.« Claire bemühte sich, Mona diesen Job hier recht schmackhaft zu machen. Jetzt aber sollte sie sich das Haus ansehen. Beim Anblick des hübschen Zimmers, welches noch das meine war, würde Mona gewiss anbeißen. So war es denn auch. Ich wusste, dass sie demnächst in meinem Bett liegen würde.

Noch einen Pluspunkt hatte die Französin aufzuweisen. Sie besaß einen Führerschein. Claire fand das sehr praktisch. In Zukunft konnte sie dann die großen Einkäufe im Supermarkt dem au pair überlassen. Als Mona ging, versprach sie, in der kommenden Woche wegen des Vertrages wiederzukommen.

Claire schaute erwartungsvoll Sara und Debbie an. Sara sagte gar nichts. Sie klebte bis zum Schlafengehen an meinem Pullover, und als ich die beiden abends ins Bett brachte, nahmen sie mich stürmisch in den Arm. Ich musste ihnen versprechen, im Sommer wiederzukommen, und das wollte ich unbedingt. Wenigstens hatten sie sich nicht so feindselig gezeigt, wie damals bei meiner Ankunft. Sie waren eben ein bisschen älter und vernünftiger geworden.

»Brun, ich glaube, dass ich die richtige Entscheidung getroffen habe.« Claire schaute mich fragend an. »Ich denke schon«, sagte ich und hoffte sehr, dass sie recht haben würde.

Hugh geriet, je mehr unser Jahr in England dem Ende zuging, regelrecht in Panik. Weder Inge noch ich nahmen seine Annäherungsversuche ernst. Eine von uns beiden wollte er partout kriegen, und langsam sah der Arme seine Felle schwimmen. Die Zeit bis zu unserer Heimreise wurde immer knapper.

Mit Monika war es auch aus. Wie er uns treuherzig verriet, war sie wohl das ganze Gegenteil von uns beiden. Mehr als ein one-night-stand sei bei ihm nicht drin gewesen, meinte er. »Sie war so lästig wie eine Pferdefliege!« Dieser Vergleich löste bei uns einen Schreikrampf aus. Da hatten aber Monikas Argumente vollkommen anders geklungen.

Wir glaubten Hugh aufs Wort. Er war schon ein seltsamer Typ. »Auf der Stelle würde ich eine von euch heiraten.« Hugh meinte es ernst. Er hätte uns sogar im Doppelpack genommen! Wir trafen uns jetzt ziemlich häufig, entweder bei Pam und Terry, oder wir gingen an unseren freien Abenden zusammen in einen Pub. Ich erzählte Hugh von Mona, die ja nun bald meinen Platz einnehmen würde. Vielleicht hätte er bei ihr Glück, meinte ich hoffnungsvoll. Aber Hugh schüttelte energisch den Kopf. »Ich stehe nicht auf Französinnen. Die sind nur was fürs Bett.« Hoppla, sein Erfahrungsschatz hinsichtlich Frauen schien größer zu sein, als wir dachten. Zu unserem Entsetzen verkündete er uns eines Tages, dass er so bald wie möglich nach Deutschland zu kommen gedenke, um uns zu besuchen. Er wollte sich selbst überzeugen, ob unsere boyfriends noch immer auf uns warteten. Das waren schreckliche Aussichten. Ich bekam sofort ein flaues Gefühl in der Magengegend. Wer sollte bei mir herhalten? Ich konnte mir schlecht meinen Schwager ausleihen, und so schnell einen Typen aufzugabeln, lag auch wiederum nicht in meiner Vorstellung.

Ein paar Tage vor Weihnachten kam Howard mit dem Turkey nach Hause. Claire wurde es bei dem Anblick schlecht und sie rannte aus der Küche. Wir schoben es auf ihre Schwangerschaft und konnten sie gut verstehen. Sie hatte gar keinen Appetit auf Fleisch, aber sie verzehrte Mengen an eingelegten Gurken. In einem Feinkostgeschäft erstand ich ein Riesenglas mit diesen Dingern. Mit einer dicken Schleife verziert kam mein Geschenk für Claire unter den Tannenbaum. Für Howard kaufte ich ein Buch mit dem gut klingenden Titel »Selbst ist der Mann!« Sara und Debbie bekamen einen selbst gestrickten Schal mit passenden Mützchen. Claire hatte mir dafür einige hübsche Wollreste geschenkt und ich war über meine Handarbeit angenehm überrascht, denn so viel Geschicklichkeit hatte ich mir eigentlich gar nicht zugetraut.

Howard brachte einen prächtigen Tannenbaum nach Hause. Mit seiner stattlichen Größe würde er das halbe Wohnzimmer einnehmen, und ich freute mich schon sehr darauf, beim Schmücken helfen zu dürfen. Die Wohnung war auf Hochglanz geputzt. Claires Beteiligung hielt sich in Grenzen. Sie war schließlich in Umständen! Da hatte

Schonung äußerste Priorität. Meine Mutter schickte mir schöne Rezepte und zu meiner Freude war ich sehr erfolgreich im Plätzchenbacken. Sara und Debbie halfen mir beim Teigausrollen und stachen mit großer Begeisterung Weihnachtsfiguren aus, die sie mit Liebesperlen und viel buntem Zuckerguss versahen. Dann kamen sie in den Ofen, und es duftete fantastisch, wenn wir die Bleche nach dem Backen herausholten. Kim war kaum aus der Küche zu kriegen. Er ließ die Leckereien nicht aus den Augen und wedelte heftig mit dem Schwanz, sobald die Plätzchen in sicherer Höhe auf dem Schrank deponiert waren. Ich sah ihm an, dass er wahnsinnig gern einen Hochsprung riskiert hätte, aber diese Akrobatik wäre sogar für unseren sportlichen Hund eine Nummer zu groß gewesen.

Das Wohnzimmer wurde mit vielen kleinen Lampions sowie Girlanden geschmückt. Über den Türen hingen die Mistelzweige mit den kleinen hübschen roten Beeren und Claire holte das Rezeptbuch hervor, um alles für den traditionellen Plumpudding einzukaufen. Wir waren alle in schönster Vorfreude. Ich dachte an zu Hause und daran, dass ich zum ersten Mal die Feiertage nicht mit meinen Eltern und Geschwistern verbringen würde. Dafür konnte ich ihnen aber erzählen, wie man in England Weihnachten feiert. Doch der Mensch denkt – und Gott lenkt!

Am 23. Dezember musste Howard noch einmal geschäftlich nach London. Er fuhr schon sehr früh mit seinem Wagen und wollte rechtzeitig am Abend wieder zu Hause sein. Claire, die Kinder und ich saßen gerade bei unserem Tee, als das Telefon klingelte. Claire nahm den Hörer und sagte beiläufig: »Das wird Grandma sein.« Es war aber nicht Grandma, sondern Howard, der aus London anrief und vorsichtig seiner entsetzten Ehefrau mitteilte, dass er sich mit einem eingegipsten Bein sowie gebrochener Schulter in einem Krankenhaus befand. Ein betagter Herr hatte einen Schwächeanfall erlitten und war mit einer beachtlich hohen Geschwindigkeit auf dem Highway in Howards Auto geknallt. Es hätte viel schlimmer ausgehen können. Howard hatte noch großes Glück gehabt. Er bat Claire, sich bloß nicht aufzuregen. »Denk an deinen Zustand, Darling«, sagte er und es ginge ihm soweit ganz gut. Er würde sicherlich in der kommenden Woche nach Birmingham verlegt werden können. Claire war fassungslos. Am liebsten wäre sie auf der Stelle zu ihm nach London gefahren, aber Howard beruhigte sie. Alles sei noch dran an ihm und der Arzt wäre sehr zuversichtlich, was die kaputten Knochen anbelangte. Er würde wohl keine Spätfolgen davontragen. Natürlich sei das alles schrecklich, so knapp vor den Feiertagen.

Die arme Claire! Sie rang nach Fassung und schaute mich hilflos an. Nach dem Telefonat kochte ich ihr erst einmal ein Tässchen Tee, damit sie wieder ihre gesunde Gesichtsfarbe bekam. »Brun, ich kann nicht hier bleiben. Ich werde morgen die Sachen packen und mit den Kindern zu Howard fahren. Wir können bei meinen Eltern wohnen. Das ist nur eine halbe Stunde vom Krankenhaus entfernt.« Claires Eltern hatten den Besuch zu Weihnachten bei uns abgesagt, da ihre Mutter eine komplizierte Knieoperation hinter sich hatte und lieber die Feiertage zu Hause verbringen wollte. Unschlüssig schaute sie mich an. »Es tut mir so leid, all das vor Christmas! Und du stehst kurz vor der Heimreise.«

Sara und Debbie, die über Howards Schicksal vorsichtig in Kenntnis gesetzt wurden, starteten eine heftige Heulnummer. Daddy tat ihnen natürlich leid. Mehr aber fürchteten sie um ihre Geschenke. Claire beruhigte sie und machte ihnen klar, dass Santa Claus auch in das Haus der Großeltern kommen würde. »Aber Brun muss auch mit nach London, sonst ist sie ja ganz allein, und dann bleib ich auch hier!« Sara hängte sich an meinen Pullover und warf mir einen entschlossenen Blick zu. Wie sehr liebte ich dieses Kind. »Das Haus dort ist aber nicht so groß, Liebling. Wenn eure Grandma aus Toronto kommt, wird sie auch bei Daddy sein wollen, und so viele Gästezimmer sind dort nicht.« Ich redete Sara gut zu. Zum Schluss wollte sie doch vernünftig sein, denn schließlich war ja ihr armer Daddy im Krankenhaus, und man konnte ihn da nicht mutterseelenallein Weihnachten feiern lassen. Unter diesen Umständen war ich froh, nicht mitfahren zu müssen. Ich malte mir den Abend nach dem Dinner aus. Töpfe und Teller waschend sah ich mich in der fremden Küche stehen, und erst zu später Stunde hätte ich in einem winzigen Zimmerchen mein müdes Haupt zur Ruhe betten dürfen.

Claire rief sofort Heather an, die natürlich ziemlich betroffen war. Sofort erklärte sie sich bereit, ihre Schwägerin samt Kindern mit ihrem großen Wagen abzuholen, um sie nach London zu fahren. Howard würde die gesamte Familie komplett um sich versammelt haben. Bis auf mich und den Hund. Howards Mutter bekam fast einen Schwächeanfall, als man sie telefonisch von seinem Unfall informierte. Die alte Dame fasste sich aber schnell und meinte, wenn es nur ein paar Brüche wären, so sei das kein Weltuntergang. Man müsste eigentlich froh sein, dass er noch Glück im Unglück hatte. Sie würde natürlich auch ins Krankenhaus kommen, um bei ihrem Sohn zu sein.

Trotz allem war Claire verzweifelt. Angesichts der Situation tat sie mir echt leid. Die ganze frohe Weihnachtsstimmung war dahin. »Was ist jetzt mit dem Tannenbaum? Und dem Turkey?« Claire war dem Weinen nahe. Ich schlug vor, dass ich während ihrer Abwesenheit den Tannenbaum schmücken würde, und wenn sie wiederkämen, könnten sie ihn auch noch ein paar Tage genießen. Um den Turkey machte ich mir schon mehr Gedanken. Der Vogel wanderte erst einmal in die Gefriertruhe. Der nächste Anlass, ihn auf den Tisch zu bringen, war Neujahr, aber da würde ich schon wieder in Deutschland sein. Leider. Langsam beruhigte sich die werdende Mutter. Ich tröstete sie und versprach, alles hier im Auge zu behalten. Dann gingen wir nach oben, um zu packen.

Als ich Inge von Howards Unfall berichtete, war sie ganz aus dem Häuschen. »Du, wir werden uns ein richtig schönes Weihnachtsfest machen. Nach dem Essen komm ich rüber und bring dir auch was von unserem Turkey mit.« Sie strahlte und ich freute mich, so eine Freundin zu haben, die sogar ihr Stück Weihnachtsvogel mit mir teilen wollte.

Hugh war der zweite Glückliche, der es gut fand, dass meine komplette Familie nach London fahren wollte. Er lud mich sofort zu sich nach Hause ein. »Das Haus ist zwar rappelvoll, meine Geschwister kommen natürlich auch, und du kannst bei der Gelegenheit meine Eltern kennen lernen.« Er witterte seine letzte Chance, bevor ich mit meinen Koffern davon flog. Ich lehnte dankend ab. Einen stressfreien Abend mit Inge zog ich vor. Sozusagen war es auch unser Abschiedsabend, denn ein paar Tage später würden wir im Flieger sitzen und uns bestimmt einige Monate lang gar nicht sehen. Stuttgart war immerhin fast 500 km von meiner Heimatstadt entfernt.

Er rannte zu seinem Van und kam mit zwei kleinen Päckchen in der Hand zu mir. »Es ist nur eine Kleinigkeit«, meinte er, »aber vom Feinsten!« Inge und ich sollten sie aber erst am Weihnachtstag öffnen. Was da wohl drin war? Vielleicht war der Inhalt diesmal nicht aus einer Wundertüte. Aber was sollte es, einem geschenkten Gaul schaut man nicht ins Maul! Um ihn aufzuheitern, holte ich rasch unser Weihnachtsgeschenk für ihn. Inge und ich hatten ein sehr hübsches Album gekauft, in das wir viele Fotos hineingeklebt hatten – Erinnerungen an unser Jahr hier in England. Wir ummalten und beschrifteten jedes Bild und waren sehr angetan von unserem künstlerischen Werk. Wenn Hugh schon keine von uns haben konnte, so durfte er uns wenigstens jeden Tag anschauen. Aber bald schon würden wir der Vergangenheit angehören, denn die nächsten au pairs waren im Anmarsch. Hugh war gerührt. »Ich vermisse euch jetzt schon«, meinte er. »Warum kann nicht wenigstens eine von euch hier bleiben?« Dann machte er sich mit seinem Van davon.

Am nächsten Tag stand die Tanne im Wohnzimmer. Glens Ehemann, Andrew, half uns dabei. Claire hatte den gesamten Weihnachtsschmuck aus der Garage geholt und mir ein paar Päckchen in die Hand gedrückt. »Gut, dass ich wenigstens rechtzeitig an deine Geschenke gedacht habe«, meinte sie. »Du sollst ja schließlich auch etwas auspacken!« Unsere Nachbarn hatten sich sofort bereit erklärt, mich zum Essen einzuladen, als sie von Howards Geschick erfuhren, aber ich wollte lieber meine eigene Weihnachtsfeier haben und lehnte dankend ab.

Als Heather eintraf, verstauten wir schnell das Gepäck im Wagen. Unser kleiner Abschied verlief ohne Zwischenfall, denn Debbie und Sara freuten sich auf ihren Daddy. Außerdem würde Santa Claus diesmal ihre Geschenke bei Grandma abgeben, so dass sie auf keinen Fall zu Hause bleiben konnten.

»In sechs Tagen stehen meine Koffer vor der Tür«, dachte ich mit einem Kloß im Hals, und das bedeutete erst einmal, dass ich dieses Haus und die mir lieb gewonnenen Menschen lange Zeit nicht sehen würde. Aber vielleicht klappte es ja schon im nächsten Jahr mit einem Besuch. Ich wollte fleißig dafür sparen, und dieser Gedanke vertrieb die aufkommende Sentimentalität.

Der Baum war geschmückt. Ich nahm ein entspannendes Bad und zog mir etwas Hübsches an. Dass ich meine Pfündchen doch noch rechtzeitig los geworden war, machte mich ganz stolz. Ich hatte es zwar noch nicht geschafft, unter die 60 kg zu kommen, aber die Hälfte meiner Garderobe, die viele Monate ungetragen im Schrank geschlummert hatte, passte wieder. Mit etwas Disziplin kann man doch eine Menge erreichen, dachte ich befriedigt.

Inge kam eher als erwartet. Sie stellte mir eine große Portion Turkey auf den Tisch und ich verdrückte all die guten Sachen, die mir meine Weihnachtsfee präsentierte. Kim hatte sich vorsorglich unter dem Esstisch platziert, in der Hoffnung, ein paar gute Fleischbrocken zu ergattern. Er bekam eine ordentliche Portion, und danach zog er sich befriedigt zurück in den dining-room, um auf dem Sofa ein gemütliches Schlummerchen zu halten.

Wir schauten television, hörten Schallplatten und genossen unseren letzten schönen langen Abend miteinander. Ich wusste, dass ich hier in England eine tolle Freundin kennen gelernt hatte. »So ein Scheiß, dass wir so weit auseinander wohnen«, meinte ich. »Aber es gibt ja Züge, und in ein paar Stunden kann ich bei dir sein.« Das tröstete uns ein wenig und wir machten uns an Hughs Geschenk ran. Ich legte die beiden Schachteln auf den Tisch. Inge wickelte einen silbernen Kugelschreiber aus. »Na, das ist doch mal was«, meinte sie. »Den hat er nicht aus der Wundertüte. Er ist wirklich schön, und so was kann man wenigstens gebrauchen.« Ich fand in meiner Schachtel einen hübschen Karton mit feinsten Briefkarten und Umschlägen. »Er hat sich schon was dabei gedacht«, meinte ich lachend. »Wir sollen ihn nicht vergessen, daher die netten Schreib-Utensilien.«

Von Inge bekam ich zwei große Töpfe Ponds-Creme. Meine Haut konnte sich mittlerweile sehen lassen. Der Verzicht auf Süßigkeiten wirkte sich eben nicht nur auf die Figur positiv aus. Claire und Howard schenkten mir eine braune hübsche Ledertasche, und in einem anderen Päckchen fand ich herrlich duftende Badekugeln. Eine Karte lag dabei. »Merry Christmas, we love Brun« war in Riesenbuchstaben darauf gekritzelt. Meine kleinen Süßen! Ich hatte schon wieder Sehnsucht nach ihnen, kaum dass sie einen Tag nicht da waren. Wie sollte das zu Hause in Deutschland werden?

Als drei Tage später das Auto vorfuhr, hatte ich das Gefühl, als wären Wochen vergangen. Sara und Debbie stürmten auf mich zu und umarmten mich so heftig, und auch Kim war außer sich vor Freude, alle wieder zu sehen. Vor lauter Aufregung über die Heimkehrer machte er seine fantastischen Luftsprünge und ließ sich von Claire umarmen, als sei sie Jahre aus diesem Hause fort gewesen. Howard ging es besser, in zwei Wochen könne er wahrscheinlich nach Hause, sagte sie mir. Seine Firma müsse aber erst einmal ohne ihn auskommen, was Howard gar nicht gefiel. Krankfeiern lag ihm nicht. Schade, ich würde ihn also nicht mehr vor meinem Abflug sehen. Im kommenden Jahr, nahm ich mir vor, wollte ich hier auf der Matte stehen und alle überraschen.

Nachdem der geschmückte Tannenbaum gebührend bewundert worden war, machten wir es uns im dining-room gemütlich. Wir tranken Tee und knabberten die selbst gebackenen Plätzchen, spielten mit den neuen Barbie-Puppen und genossen einfach die uns noch verbleibende Zeit. Claire wirkte heiter und ausgeglichen, sie hatte die richtige Entscheidung getroffen, Howard ging es soweit gut und er würde bald wieder bei ihnen sein.

Sara und Debbie halfen mir beim Kofferpacken. Die beiden waren unglücklich. Ihre kleinen Gesichter sahen wirklich traurig aus. »Warum kannst du nicht bleiben Brun? Debbie und ich möchten keine Mona haben. Wir wollen nur dich!« Ich nahm sie auf meinen Schoß. »Es geht nicht, weil doch auch meine Eltern sich freuen, wenn ich wieder zu ihnen zurückkomme. Wisst ihr noch, wie traurig ihr wart, als Sigrid nach Hause fuhr?« Sara schaute mich verständnislos an. Den Namen Sigrid hatte sie aus ihrem Gedächtnis bereits gestrichen. Sie machte mir ein kostbares Angebot. »Ich schenke dir meine Barbie-Puppen, auch die neuen, wenn du bei uns bleibst.« Ihr Blick war so ernst. Hoffnungsvoll schaute sie mich an – das konnte ich ihr doch nicht abschlagen!!! Ich war gerührt. Dieses Kind hätte ich am liebsten mit nach Deutschland genommen. »Sara, du sollst deine Puppen behalten. Ich verspreche dir aber, dass ich bald wiederkomme und euch alle besuche.« »Wirklich?« »Ganz bestimmt, mein Engelchen, großes Ehrenwort.« Das schien ein Trostpflaster zu sein. Ich putzte ihr die letzten Tränchen aus dem Gesicht.

Hugh hatte sich sofort bereit erklärt, Inge und mich zum Flughafen zu fahren. Was war er doch für ein toller Freund.

Das letzte gemeinsame Frühstück mit meiner Familie. Claire hatte ein verweintes Gesicht, Sara und Debbie schluchzten und hielten meine Arme fest, so dass ich Mühe hatte, meine Tasse Tee zu trinken. Was für eine Abschiedsstimmung. Kim ahnte eine Tragödie und stand mit eingekniffenem Schwanz daneben. Es war wirklich ein Bild des Jammers. Aber Sigrids Abschied war damals genau so verlaufen. Sogar Howard hatte feuchte Augen gehabt. Ich musste jetzt schnell hier weg, bevor auch bei mir ein Taschentuch eingenässt wurde.

Hughs Autohupe! Ich drückte Claire, umarmte ein letztes Mal die Kinder und strich Kim noch einmal liebevoll über das Fell. Dann nichts wie hinein in den Van. Wir fuhren zu Inge. Auch dort die gleiche Szene. Mr. Chadwick, Mrs. Chadwick, die Kids und die Putzfrau standen mit traurigen Mienen da. Inge schnupfte einige Male ziemlich heftig, und ich wusste, es fiel ihr ebenfalls sehr schwer, sich zu verabschieden. Noch einmal ein heftiges Winken. Vorbei ging es an Claire, Sara und Debbie, und wir sahen Kim, wie er mit fliegenden Ohren hinter unserem Wagen herlief. Dann waren es nur noch kleine Punkte, und ein Kloß im Hals ließ uns schweigen.

Wieder zu Hause. Die Freude, mich zu sehen, war groß. Die Augen meiner Mutter glänzten feucht. Sie wollte gar nicht von meiner Seite weichen. »Wo hast du denn dein Diplom?« Neugierig schaute sie mich an. »Ich kann es dir erst in ein paar Wochen zeigen, Mama. Es kommt mit der Post.« Ein klein wenig enttäuscht war sie, das sah ich ihr an. Ich hegte schon die Befürchtung, dass sie einen passenden Rahmen parat hielt, um das Ding sofort an die Wand zu hängen.

Auch mein Vater strahlte. »Endlich, meine Kleine. Du

hast uns gefehlt. Wie schön, dass du wieder hier bist.«
Meine Schwester war nämlich mittlerweile auch verheiratet und nicht mehr so oft bei den Eltern, so dass sich eine gewisse Langeweile eingeschlichen hatte. Klar, dass sie über meine Heimkehr glücklich waren. Sie hatten mich alle sehr vermisst. Für mich allerdings bedeutete es eine gewaltige Umstellung. Sara und Debbie fehlten mir so sehr. Ich traute mich nicht, dies meiner Familie zu sagen, denn ich wollte niemanden verletzen. Sie hätten vielleicht vermutet, dass mir jetzt alles hier zu gewöhnlich erschien, nach diesem schönen Jahr in diesem schönen Haus. Ich wollte nicht undankbar sein, aber die Eingewöhnung war wirklich hart.

Abends weinte ich oft, wenn ich in meinem Bett war, und dachte an meine beiden Kleinen. Ging es ihnen genau so wie mir, oder verdrängte mich bereits schon Mona aus ihrem Gedächtnis? Damals war ich sehr glücklich, als Sigrid das Haus verlassen hatte. Ich brauchte nicht viel Zeit, Saras und Debbies Zuneigung zu gewinnen, und nun war ich so weit weg von ihnen und das Herz tat mir ganz schön weh! That's life!

Ich traute mich nicht anzurufen, denn ich befürchtete, beim Hören ihrer Stimmen losheulen zu müssen. Also schrieb ich lange Briefe und bekam auch sehr schnell Post von Claire, Zeichnungen voller rot gemalter Herzen von Sara und Debbie, und einmal war sogar ein Pfotenabdruck von Kim dabei. Ich vermisste alle schrecklich.

Mein neuer Job in meiner alten Firma gefiel mir sehr gut. Zur großen Enttäuschung meiner Mutter zog ich in ein eigenes kleines Appartement. »Hildchen, ich wette, dass du schon nach 14 Tagen diesen Schritt bereust.« »Hildchen« – ich hatte mich bereits wieder an diesen Namen gewöhnt. Er passte einfach besser hierher. Meine Mutter konnte meine Entscheidung, auszuziehen, gar nicht begreifen und tat sich schwer, mich gehen zu lassen.

Es war aber Zeit, dass ich meine Sachen packte, denn bei meinen Eltern würde ich nie selbständig werden. Meine Wohnung war außerdem nur 10 Minuten von ihnen entfernt, so dass wir uns recht häufig sehen konnten. Nach Büroschluss ging ich meist zu ihnen, um zu erzählen, wie der Tag verlaufen war. Mein Vater freute sich jedes Mal, wenn er mich »sichtete« und meine liebe Mama hatte nichts Eiligeres zu tun, als den Tisch zu decken, damit ich erst einmal was Ordentliches in den Magen bekäme.

Hugh stand eines Tages mit William, seinem Freund und eventuellen Seelentröster, plötzlich bei Inge in Kornwestheim vor der Tür. Er hatte es tatsächlich wahr gemacht und wollte sich persönlich überzeugen, ob ihr Mockel immer noch auf Platz eins lag. Hugh gab einfach nicht auf! Frauen waren schließlich für ihren Wankelmut bekannt. Inge zeigte ihm stolz ihr goldenes Ringlein. Eine bittere Pille! Jetzt aber hurtig zur nächsten Kandidatin. Meine Eltern waren sehr liebe Gastgeber, und Hugh verbrachte mit William einen schönen Tag mit uns zusammen. Sehr schnell musste auch hier unser lieber Freund einsehen, dass ich ihm außer meiner freundschaftlichen Zuneigung nichts zu bieten hatte. Meinen boyfriend hatte ich einfach auf eine Geschäftsreise geschickt. Diese kleine Lüge nahm mir Hugh natürlich ab. »Bist du glücklich, Brun?« Ich nickte glaubhaft. Tapfer schluckte er seine Enttäuschung hinunter und zeigte, dass er ein ganzer Kerl war. Er schwang sich mit William in sein Wägelchen und brauste zurück nach Solihull. Nach weniger als einem halben Jahr bekamen Inge und ich einen Brief von ihm. Hugh »had fallen in love« mit einem English girl – sieh an – und seine Hochzeitsreise sollte nach Schottland gehen. Endlich hatte auch er sein Glück gefunden. Wir freuten uns riesig mit ihm.

Auch Inge tat sich anfangs schwer mit dem Eingewöhnen. Ihren Mockel heiratete sie kurz nach ihrer Rückkehr, aber bereits zwei Jahre später reichte sie die Scheidung ein. Er hatte sich als langweiliger Ehemann entpuppt, mit dem sie sich keine weitere Zukunft mehr vorstellen konnte. Vielleicht hatte das Jahr in England zu dieser Entscheidung beigetragen. Wenig später bewarb sie sich zu meiner Freude bei einer kleinen Firma ganz in meiner Nähe und wechselte ins Ruhrgebiet. Hier traf sie die große Liebe ihres Lebens, einen charmanten und gut aussehenden Mann, der voll und ganz Inges Geschmack entsprach. Er war gerade dabei, sich selbständig zu machen. Sie heirateten und schafften es, mit viel Ausdauer und Können eine Firma aufzubauen, die sie beide heute noch leiten. Sie wohnen in einem wunderschönen Haus und Mrs. Chadwick wäre sicherlich gewaltig beeindruckt, könnte sie sehen, was aus ihrem einstigen au pair geworden ist. Inge ist in meinen Augen die perfekte Geschäftsfrau und sie trägt mit ihrem Mann eine große Verantwortung.

Die Prophezeiung meiner Mutter, ich würde einmal einen reichen Mann bekommen, hat sich nicht bestätigt. Als ich 27 war, traf ich meinen Griechen, und ich wusste sofort, der ist es! Allerdings besaß er keine Millionen – wie meine Mutter es vorausgesagt hatte –, aber er gab mir all das, was ich brauchte, um glücklich zu sein. Vier Jahre später beschlossen auch wir, zu heiraten. Über unsere inzwischen 30-jährige Tochter Christina kann ich nur sagen, dass sie das Beste ist, was wir zusammen geschaffen haben. Sie ist unsere große Freude und Liebe.

Ein Jahr nach unserer Rückkehr flogen Inge und ich ohne

Ankündigung zu unseren »Familien«. Ich spazierte einfach durch die Hintertür ins Haus und überraschte Claire, die mit Mona, Sara und Debbie gerade ihre tea-time einnahm. Endlich war ich wieder hier. Ich hatte erwartet, dass sich Sara in meine Arme stürzen würde, aber meine kleine Süße blieb sitzen und schaute mich mit ihren großen blauen Augen an. Debbie hatte mich aber sofort wieder erkannt und umarmte mich zärtlich. Nach und nach taute auch Sara auf und eroberte einen Platz auf meinem Schoß. Kim sprang laut kläffend im Zimmer umher und schaffte es, mir mit seiner feuchten Hundeschnauze das Gesicht abzulecken. Er durfte! Howard war ebenfalls glücklich, mich zu sehen. Stolz zeigte er mir seinen kleinen Sohn Kevin, der laut Claire Monas große Liebe war.

Die Freude bei Chadwicks über Inges unerwarteten Besuch war nicht minder groß, als sie zur Tür hereinkam.

Die paar Urlaubstage vergingen wie im Flug. Ich teilte mir mit Mona mein ehemaliges Zimmer, holte Sara vom Kindergarten ab und abends saßen wir alle zusammen im dining-room, und ich musste erzählen. Wie schön war es doch, wieder hier zu sein. Sehr schnell hatte sich das vertraute Gefühl des Dazugehörens wieder eingestellt.

Als wir im Flieger saßen, wussten wir, dass es nicht der letzte Besuch in Solihull gewesen sein würde.

Inge hatte Jahre später den Kontakt zu Mrs. Chadwick verloren, und auch das Nachforschen über den Rest der Familie war leider negativ verlaufen. Claire konnte nur berichten, dass bei Mr. Chadwick, nachdem seine Frau ihn mit den Kindern verlassen hatte, alles den Bach hinunterlief. Mitsamt junger Freundin und rotem Porsche verschwand er aus dem Wendehammer und ward nicht mehr gesehen.

Viele, viele Jahre vergingen, und erst als ich 60 Jahre wurde, schafften es Inge und ich, noch einmal gemeinsam nach Solihull zu fahren – ohne unsere Männer. Wir waren so neugierig auf all das, was uns erwartete.

Claire freute sich wahnsinnig, uns nach so langer Zeit wieder zu sehen. Nach dem Tod von Howard hatte sie ein entzückendes Häuschen gekauft, in dem sie nun alleine wohnte. Oft aber kamen Sara und Debbie mit ihren Familien zu Besuch. Sara hatte inzwischen zwei kleine süße Mädchen, die ihr wie aus dem Gesicht geschnitten waren. Debbie war in ihrer Ehe kinderlos geblieben und schenkte ihre ganze Liebe den kleinen Nichten. Kevin war ebenfalls verheiratet und glücklicher Vater eines Sohnes. Claire als Großmutter machte sich hervorragend. Sie war außerdem sehr viel auf Reisen und kannte keine Langeweile.

Vieles hatte sich verändert in Solihull. Wir waren beeindruckt von dem großen Einkaufscenter in der City, den tollen Geschäften, die Claire – wie sie uns lachend verriet –, immer noch mit Leidenschaft aufsuchte, den schönen Cafés, vor denen Stühle und Sonnenschirme sowie üppige Blumenkübel standen. Genau da ließen wir uns nieder und tranken einen leckeren milk-shake. Sofort mussten wir an Hugh denken. Was er wohl sagen würde, wenn er uns jetzt hier sehen könnte? Später saßen wir in Claires schönem Garten, schwelgten in gemeinsamen Erinnerungen und erzählten, bis uns der Hunger in die Küche trieb.

Am nächsten Tag kam Debbie zu Besuch, auf die ich schon sehr neugierig war. Dank der Herzoperation, der sie sich mit 10 Jahren unterziehen musste, wurde sie gesund und arbeitet nun in einer Klinik als Physiotherapeutin. Sara war zu meinem großen Bedauern mit ihrer Familie in den Vereinigten Staaten, so dass ein Wiedersehen nicht möglich war. Kevin, den ich nur einmal als Baby gesehen hatte, wohnt in London. Hätte er nicht geschäftlich in Wales zu tun gehabt, wäre auch er gern gekommen.

Und was war mit Hugh geschehen? Kurze Zeit nach seiner Heirat verabschiedete er sich bei Claire und Howard und teilte ihnen mit, dass er mit seiner Frau in den Cornwall ziehen würde. Der Job als Gartendesigner wäre dort sehr gefragt. Danach sahen sie ihn nicht wieder. Inge und ich bekamen später noch einmal eine Ansichtskarte. Er schrieb uns, dass er glücklich sei und sich sehr wohl fühlte. Wir freuten uns mit ihm. Leider verlor sich der Kontakt und wir haben nichts mehr von ihm gehört.

Meine Zeit in England war schön. Ich hatte Menschen getroffen, die meine Freunde wurden. Übrigens, auch nach 42 Jahren besteht der Kontakt noch zwischen Inge, Claire, den Kindern und mir.

Erinnerungen sind so wertvoll. Sie sind Schätze, die man nicht mit Geld bezahlen kann. Ein jeder von uns trägt sie in seinem Herzen. Oft machen sie traurig, oft aber auch froh, und wenn wir wollen, holen wir sie einfach hervor und durchleben sie von neuem.